徳間文庫

警視庁浅草東署Strio《エストリオ》

鈴峯紅也

序

「新海《しんかい》ってなぁ、結局、世話焼きなんだ。ときたま面倒臭《くせ》ぇことは言うが、絶対に嫌だって言わねぇよ」

瀬川藤太《せがわとうた》は新海悟《さとる》のことを、人に聞かれれば必ずそう評価した。

瀬川は、ほぼ三カ月ごとに転居を繰り返すテキ屋の倅《せがれ》だった。焼きそばやカステラなどの、いわゆる消え物を売る。

一月から三月までの成田、四月から六月までの宇都宮、七月から九月までの大阪、十月から年の瀬までの唐津《からつ》。

近年は移動しない居職《いじょく》も多いらしいが、瀬川一家は各地で催される祭礼を定期的に渡り歩く回り職だった。

父の信一郎《しんいちろう》で四代目を数えるという。ある意味、由緒正しい。

そんな生活柄、いや、環境柄か、勉強に関してはまったく興味が湧かなかった。つまり、いわゆる教養としての頭は悪かった。

学校は義務教育だけだと決まっていた。父・信一郎も母・めぐみも、五歳上の姉・静香《しずか》もそうだった。

この姉などは、唐津で馴染《なじ》んだ松尾孝《まつおたかし》という地回りと十六歳で一緒になり、十七歳にしてすでに一女の母だ。

瀬川は、生まれたときから身体《からだ》が大きかった。父に似て、ということもあったろうが、早成であったかもしれない。加えて運動神経にも恵まれ、こと喧嘩《けんか》になると、小学生のうちから中学生にも負けなかった。

瀬川は、どこへ回ってもガキ大将だった。それも、君臨する大将だ。

自分をヨソ者扱いする連中は容赦《ようしゃ》なく叩き伏せた。

たとえそれが〈友達〉ではなく、〈仲間〉という扱いの〈取り巻き〉を作るだけだとしても、だ。

一年の内で顔を合わせること自体、三カ月間だけなら、その方が手っ取り早かった。

「面倒臭ぇ話はなしだ。ぶっ飛ばすぞ」

特に小学生の間は、それだけで十分だった。

そんな瀬川と新海の出会いは、四月だった。宇都宮で、中学校の入学式でのことだ。

新海は父を事故で失くし、母靖子《やすこ》の実家に、妹の茜《あかね》と三人で引っ越してきたという。

瀬川は、この新海を特に可哀そうだとも不幸だとも思わなかった。

新海は涼やかな目で真っ直《まっす》ぐ前を向き、堂々と立つ男だった。

その上、新海の額《ひたい》には、斜めに走る向こう傷があった。切り裂かれたような、凄《すご》みのある傷だった。

「おい、転校生。その傷はなんだ？」

瀬川は自分から近づいて聞いた。そんな行動は初めてだった。

「ん？　ああ、これ？」

新海は額の傷に触り、少し笑った。

「証《あかし》、かな。死んだ親父《おやじ》と、遠い友達との。それより――ええと。瀬川、か」

新海の顔が瀬川の胸にあるネームプレートに動いた。目の高さは、ちょうどその辺りだった。

「おい瀬川。転校生はおかしいだろ」

「なんだぁ」

「入学式だぞ。転校生なんて一人もいないぜ。全員が、新入生だ」

「……へっ。言うじゃねえか」

これが出会い、と言うことになるが、瀬川にとって新海の印象は最悪だった。

体格の違いにビビらないのも、言葉ひとつの揚げ足を取るのも、偉そうに額に向こう傷をつけているのも気に入らなかった。

なによりその向こう傷が、遠い友達との証だなどと嘯《うそぶ》くのがまったく気に入らなかった。

気に入らないから、気になった。

瀬川にとって、常に新海は気になり、強烈に気に入らない存在だった。

だから、三カ月経《た》てば大阪だったが、柔道部に入った。新海が先に入部したからだ。そもそも瀬川の〈仲間〉達がそれぞれにチョイスした部活に散って、放課後がえらく暇だったという事情もある。

「なんだ瀬川。お前も入ったのか」

「おうよ。けど、お前《め》ぇを追っ掛けたわけじゃねえぜ」

「なんだそれ。別にそんなこと聞いてないけど」

この日から部活の名を借り、瀬川は毎日、新海を投げ飛ばした。

最初は上級生が偉そうに先輩面《づら》をして喚《わめ》いたが、柔道と言うより喧嘩に近い瀬川の組み手にすぐ悲鳴を上げ、以降は近付いてもこなくなった。

それで気兼ねなく、瀬川は毎日新海を投げ飛ばした。三カ月経てば勝手に転校するとわかっている暴れん坊のことなど、顧問の教師も見て見ぬ振りだった。

かくてガキ大将は、中学でもお山の大将としての地位を確立した。

瞬く間に一カ月が過ぎ、中間テストの時期になった。

結果は瀬川にとっては意外なことに、新海が学年でトップだった。

裏のトップが瀬川だ。これには誰も驚かなかった。

さらに一カ月が過ぎ、もうじき大阪へ出発という頃になって、ふと瀬川は気付いた。

「おい、新海。お前ぇ、なんだって毎日毎日、俺に向かってくんだ」

何度投げ飛ばし、押し潰《つぶ》しても、新海は自分から瀬川の前に立った。

新海は道場の畳の上で、大の字のまま笑った。

「俺がやめたら、お前、一人じゃないか」

「……けっ。馬鹿臭ぇ」

それしか言えなかった。

言えないままで、瀬川一家は大阪に向かった。

後で考えれば、三カ月ごとに新入学を繰り返した一年、ということになる。

ただ、回る先には新海のような男はおらず、わざわざ途中から参加しようと思う部活動もなかった。

それで瀬川は順当に、中学に上がっても、どこに回ってもガキ大将だった。

偉そうだと突っ掛かってくる不良連中が後を絶たなかったが、構わず全員をぶちのめした。

喧嘩に明け暮れた大阪以降は、そっち方面でやけに忙しい日々でもあった。

やがて巡る季節の春に、瀬川はまた宇都宮に戻った。

「よお」

瀬川の顎《あご》の高さから目を上げ、九カ月振りの新海が笑った。

柔道着が、見てわかるほどによくこなれていた。

「瀬川、やろうか。稽古だ」

新海の方から声を掛けてきた。

「ふん。偉そうによ」

と口では言ってみたが、内心では舌を巻かざるを得なかった。

新海は柔道が、驚くほど進歩していた。

懸命なだけではない。才能も隠れていたようだ。

体格差の優位はまだ断然だったが、戯《たわむ》れで相手は出来なかった。

顔にも口にも出さないが、瀬川も遊び半分では組めなかった。

「クソッ。勝てないかぁ」

新海は青畳の上で、大いに悔しがった。

四月と五月はそれでいけた。

六月も瀬川はどうにか凌《しの》いだ。

けれど――。

「へっへっ。新海、足りねぇな。もっと精進しろ。また、遊んでやるよ」

強がりだと自身でわかって言った。翌月があったら、おそらく瀬川は新海に投げられていた。

この後の九カ月、瀬川には喧嘩に明け暮れる余裕はなかった。

中三の春、宇都宮。

「よお」

笑う新海主将の額の傷は、もう瀬川の目の高さだった。

「瀬川。これでも去年、五十キロ級で県下ナンバーワンになった。――稽古しようぜ」

「んだよ。毎年毎年、懲りねえな」

「おう！」

意気軒高《いきけんこう》にして、新海はやる気満々だった。

だが――。

この年は特に、瀬川がそんな新海の満々な自信を粉砕するのに、さして時間は掛からなかった。

敢《あ》えて言えば、秒殺だ。

呆気《あっけ》にとられた新海の顔は見物《みもの》だった。

瀬川はこの九カ月間、テキ屋連中の中に柔道の有段者を見つけては教えを請い、時間を惜しんで稽古に明け暮れたのだ。

ただ新海に、新海悟の柔道に負けないために。

「へへっ。新海、まだまだだな」

暫時《ざんじ》寝転がった後、新海は勢いよく立ち上がった。

「そうだな、まだまだだ。だから瀬川、稽古だっ」

初めて新海の額の向こう傷が、ただの傷跡に見えた。

それで、新海という男に抱く感情も反転した。

(頭はいいが、馬鹿だな。柔道馬鹿)

笑えた。

急に親近感が湧いた。

「来いよっ!」

「うらさぁっ」

「おう!」

もう苛《いじ》めでもしごきでもなく、気が付けば瀬川は新海のいい稽古相手だった。

つまりはいつの間にか一緒に泣き一緒に笑う、瀬川はれっきとした柔道部の一員になっていた。

この夏、階級を一つ上げた新海は関東大会まで進み、五十五キロ級関東二位で中学柔道を終えた。

瀬川はそれを、高崎の体育館で茫《ぼう》と眺めた。

通常なら大阪にいる時期だったが、いきなり事情が変わった。

唐津の姉が旦那と大喧嘩の末、娘の愛莉《あいり》を連れて両親のもとに帰ってきたのが発端だった。

「よし。わかった。静香。いいぜ。お前ぇが手伝え。後継ぎだ」

突然、父の信一郎がそんなことを言い出した。

孫と一緒にいたいだけなのは見え見えだったが、信一郎は言い出したら聞かない男だった。

「藤太。お前ぇはこっちにいろ。中学終えるまでにゃ、身の振り方ぁ考えてやる」

そんなひと言で宇都宮に据え置かれた瀬川は、いきなりアパートで一人暮らしをすることになった。

意を決し、受験態勢に突入する新海の前に瀬川は立った。

土下座で頭を下げた。

「悪《わり》ぃが、高校に行かなきゃなんねえかもしれねえ。新海、勉強教えてくれ」

「……はあ？」

鳩《はと》が豆鉄砲を食らったような顔の新海に、瀬川は一連のくだりを説明した。

〈身の振り方〉と父に言われたことは大きかった。今まで考えたこともなかったことだった。

父の後を継いでテキ屋になるのが瀬川にとっての身の振り方であり、漠然《ばくぜん》と人生そのものだった。

だから考え、考えた末に瀬川は、成田でいつも世話になる相京《あいきょう》忠治《ちゅうじ》という任侠を訪ねた。武州虎徹《ぶしゅうこてつ》組親分だ。

四十八歳の若さだが、相京は瀬川一家が関わるどの親分よりも、義理と人情に篤《あつ》い侠《おとこ》だった。

多分に、瀬川には憧れさえあった。

「その人がよ、高校、行けってよ。今日《きょう》び、高校くらい出とかねえと、ヤクザにもなれねえってよ。そんで、笑ってくれてもいいが、俺ぁ分数の足し算も出来ねえんだ」

「知ってるよ」

新海は笑わなかった。

しばし考え、やってみるかと言った。

「俺は、お前に強くしてもらったからな。その分くらい、お返しに賢くするか。けど瀬川、やるからには目一杯だ。投げ出すなよ」

「上等でぇ」

新海は、そういう男だった。自分の時間を割いてでも真剣に向き合ってくれた。

下手をすれば、新海は瀬川以上に一生懸命だった節もある。後で思う、〈世話焼き〉の面目躍如たるところだ。

十二月に入る頃には、瀬川は少なくとも小数点の割り算までは出来るようになった。

だが――。

結局、瀬川は高校へは行かなかった。

いや、行けなかった。

一月になり、成田に入った父から電話が掛かってきた。

高校のことは、相京の親分が父に話してくれることになっていた。

「親分から聞いたけどよ。藤太、高校だぁ？　なに寝惚《ねぼ》けたこと言ってんだ。手続きが面倒だから今ぁそっちでいいが、四月からぁ、きっちり手伝ってもらうぜ」

姉と夫が、唐津で元の鞘《さや》に収まったらしかった。

そう教えてくれたのは、母だった。

「ゴメンよ。藤太。でもそういう人でさ、こういう家業だからさ」

母に否応を言う気は、瀬川にはなかった。元のレールに戻っただけのことだった。

卒業式の日、瀬川は新海の前に手を差し出した。

「悪ぃな。で、有り難うよ。なんか色々、楽しかったぜ。勉強もよ。――新海、どっかでな。またな」

瀬川の胸に寂しさが去来した。

別れに泣けた。

初めてのことだった。

新海は首を振った。

「なに泣いてるんだ。四月から六月の期間はいつも通りにこの辺だろ。また会える。いつでも会えるさ」

瀬川には、なによりの言葉だった。

だが――。

大いなる悲しみを連れ、瀬川にとって驚天動地の出来事が起こる。

それは翌年、新緑の五月のことだった。

その日、新海と妹の茜の姿が、東武日光駅前の雑踏に見られた。

ベビーカステラの幟《のぼり》がはためく出店《でみせ》のベンチだった。瀬川の店だ。

この日は、東照宮春季例大祭の日だった。瀬川一家は夫婦の焼きそばと藤太のベビーカステラ、静香の大判焼きで出店していた。

姉の静香がまた、旦那と大喧嘩をして出戻っていた。今度こそ二度と帰らないと息巻いて、それで自身の屋台を与えられた。

「瀬川。いい天気だなあ」

雑踏を眺めながら、新海が言った。

新海は、去年も妹を連れて来てくれた。毎年来てくれる。

妹を大祭に連れて行ってくれと母に頼まれるから来るのだと新海は言うが、瀬川は茜にウラは取っていた。

兄が行こうとうるさいから、渋々茜がついてくるのが真実らしい。

中学以前の知り合いの中で、わざわざ瀬川の屋台を訪ねてくるのは新海くらいのものだった。

わざわざ来て、柔道は続けろと喧《やかま》しい。

「なにがいい天気だ。おい新海、こんなとこで油売っててていいのかよ」

柔道高校総体六十六キロ級でこの年、新海は表彰台を狙う圏内にいると聞いた。

「ま、なるようになるさ」

受け答えは中学の頃よりずいぶん、のほほんとして軽くなっていた。

柳に風のしなやかさは、新海のモットーらしい。

父、新海久志《ひさし》の口癖でもあるという。

そうして二時間も過ぎ、陽が西に傾き始めたときだった。

五歳になる愛莉を抱きかかえ、髪を振り乱して静香が駆けてきた。

「と、藤太ぁっ」

尋常な様子ではなかった。頰が赤く腫れ、口の端が切れていた。

「なんだ姉ちゃん。どうしたっ」

瀬川は屋台から飛び出した。

ベンチから新海も立ち上がった。

「父ちゃんが、母ちゃんも。あ、あの人が、孝が来たんだ。あたしを連れ戻しにさ。それで父ちゃんが怒って、大喧嘩になって、父ちゃんが倒れて、それで、起き上がってこないんだよぉっ」

静香は愛莉を抱いたまま泣き崩れた。

叫びの最後を、瀬川は背中に聞いた。

何事かと遠巻きにする群衆の中に、血走った目のうらなりがいた。

「手前ぇっ。松尾っ！」

雷の一声に静香の夫、松尾孝が表情を歪《ゆが》めて背を返した。

「野郎っ」

瀬川は足に力を込めた。

「待て、瀬川っ」

察したか、新海の声が尖《とが》った。

「悪ぃ。新海、後を頼まぁっ！」

人混みに突っ込む。

まだ何か新海が言っていたが、聞こえなかった。いや、聞かない。

苛《いら》つくほどに人が多かった。

「退《と》け退けぇっ」

瀬川はどこまでも追い掛けた。

国道を突っ切り、県道にぶつかり、十五分掛かった。

松尾がへたばり、ようやく追いついた。

アルコールが強く臭った。

胸ぐらをつかんで絞り上げた。

松尾が暴れた。

「放せコラッ。手前ぇ、藤太ぁ、ガキの分際でよぉ」

松尾は、酒臭い唾《つば》を瀬川の顔に向けて吐き掛けた。

「夫婦の話に首突っ込むんじゃねぇっ。クソ親父と同じ目にあわせんぜぇっ」

瀬川の中で、全身の血が一気に沸点を超えた。

怒髪天を衝《つ》く勢いだ。

「松尾ぉおっ!」

馬乗りになって以降は、松尾の顔面を何度殴ったかもわからなかった。

後ろから誰かに抱きつかれて、ようやく我に返った。

「瀬川、やめろっ。やめろぉおっ」

必死に叫ぶ新海だった。

切り裂くようなホイッスルも聞こえた。

遠巻きにする観衆を分け、何人かの制服警官が姿を現した。

瀬川の下で、原形をとどめない血塗《ちまみ》れの顔をした松尾が、もう動かなかった。

拳《こぶし》が痛かった。少し割れてもいた。

「新海。もういいぜ。大丈夫だ」

出来るだけ静かに言った。

見上げる空に、綿雲が高かった。
遠くに、パトカーのサイレンも賑《にぎ》やかだった。
笑えた。
「へへっ。なあ、新海。俺ぁ、高校には行けなかったが、その代わりに、年少だなぁ」
離れた新海が前に回ってきた。
何も言わなかった。
ただ、新海は黙って泣いてくれた。

事件の結果は、青空に告げた瀬川の言葉通りになった。
松尾孝はその後、一度も目を覚ますことなく救急搬送された病院で死んだ。
傷害致死。
家裁から検察官送致にはなったが、瀬川の罪は不定期刑で確定した。
母のめぐみは眼底骨折だけで済んだが、信一郎は帰らぬ人となった。
このことは、大いに情状酌量されたようだ。
瀬川は粛々《しゅくしゅく》と刑に服した。
そうして、また季節は巡って二十一歳の春だった。

桜満開の中、瀬川は川越の少年刑務所から出所した。

ぶらぶらと娑婆《しゃば》の空気を堪能すれば、

「瀬川」

来客用駐車場から声が掛かった。

目を向けて、瀬川は唖然《あぜん》とした。

一台だけ停められた車の脇に立っていたのは、新海だった。

「お袋さんに言われてな」

すると、車の助手席からもう一人、壮年の男が出てきた。

瀬川は思わず背筋を伸ばした。

壮年は、武州虎徹組の相京忠治だった。

「藤太。すまなかった」

相京はその場で腰を折った。

「俺があんとき、拾ってりゃぁよ。お前ぇの手ぇ、要らねえ血で汚しちまった」

「お、親分さん。どうしてここへ。い、いえ。どうか、顔上げておくんなさい」

「ああ。ここに立つなぁ、四年前にな。――俺が親父さんの葬式で泣き言を垂れたときによ、この新海君に言われたんだ。後悔するくれぇなら、出所んとき、俺と一緒に迎えに行きますかってな」

「えっ」

「本当たぁ思わなかったが、引っ張られた。思いっきりな。――藤太、お前ぇ、いい友達を持ったな」

見れば新海は、照れ臭そうに笑った。

ああ、と瀬川は天を見上げた。

青い空が視界の中で滲《にじ》んだ。

一生涯、忘れ得ぬ空だ。

「新海。お前ぇ、どこまでも世話焼きだな。余計なお世話ってのも、あるんだぜ」

零《こぼ》れる涙があった。

新海はまた黙って、同じ涙を流してくれた。

一

二〇一七年の、七月四日だった。

「梅雨の晴れ間が、たしか五月晴れだったよな」

新海悟は浅草東署《あさくさひがし》の屋上で手摺《てす》りに寄り掛かり、そんなことを呟いた。

七月に入って初めての晴天はそればかりでなく、四月に築地《つきじ》署から異動になって以来の、一番の青空だった。

「うん。気持ちがいい」

大きく伸びをし、蒼天を振り仰ぐ。

降り注ぐ陽射しが暖かかったが、額の一部だけが感覚として冷めていた。

何も感じないと言ってしまえばそれまでだが、向こう傷を負った昔から、新海はその感覚を悪くないと思っていた。

知恵というか、理性というか、頭脳のクリアな働きに直結するイメージだ。

それもあって、敢《あ》えて向こう傷を晒《さら》すわけではないが、洗い晒しの髪は手櫛《てぐし》程度で、固めもしなければ分けたこともなかった。

この日、新海は定時に出署したものの、取り立てて急ぎの用件も案件もなく、それで暇を持て余す感じで屋上に上がったのだ。

これは特に新海だけに限ったわけでなく、澱《よど》むような怠惰《たいだ》な空気は朝から署内に蔓延《まんえん》していた。

一昨日から昨日に掛けて、浅草東署の面々は相当に慌ただしかった。

その分、この日は署全体が反動として落ち着いているようだった。どちらかと言えば、それに新海も乗っかった感じだ。

新海が所属する浅草東署は、いわゆる小規模署というやつだった。しかも、超小規模署だ。署員数は離島を除けば警視庁中最小で、百人を超えたことは一度もなかった。

当然、そんな小さな署は管轄も東浅草一丁目と二丁目から東の隅田川までと狭いが、管内には関東の広域指定暴力団・松濤会《しょうとうかい》があった。

いや、あるどころではない。

松濤会の本部は浅草東署から、大通りを挟んで右手に百メートルも行かない場所だった。

松濤会は、北陸の広域指定暴力団・四神明王会《しじんみょうおう》直系にして関東最大の暴力団・鬼不動《おにふどう》組の二次組織だった。武闘派で鳴らし、暴対法以降、一時期多少大人しくなりはしたが、今なお変わらず存在し威勢に衰えは見られなかった。武闘派のイケイケも大して変わらない。

浅草東署は、そんな日本有数の反社会勢力である松濤会の活動を封じ込めるために、昭和五十年代に浅草署から分離・設定された警察署だった。

昭和二十三年に同じような理由で、蔵前《くらまえ》署という小規模警察署が浅草署から分離開設されていた。

そんな前例もあり、松濤会に対する押さえを期待されたため、浅草東署の誕生までは実に早かったらしい。

思い立ったが吉日、というやつだ。

実際、誕生からしばらくは署の存在意義も意味も大いにあったようだ。今でも古参の職員連中が〈本署〉と呼ぶ浅草署とは、なんの軋轢《あつれき》もなくスムーズな連携も取れていたという。

ただし、今となってはすべてが過去形だ。

平成四年に施行された暴対法やそれに続く条例により、暴力団は表向き大人しくなったと言われる。

実際には地下に潜ったり巧妙なフロント企業を作ったりと、暴力団の大勢は変わらない。いや、暴対法に指定される広域組織などはむしろ、闇の中で隆盛だったりする。

にも拘《かかわ》らず、浅草東署はこの日、暇だった。

なぜかといえば、表向きだけだろうが松濤会が大人しくなったことにより、署自体の存在意義も意味も大幅に減退したからだ。

日本最大の署員数を誇る新宿署の六百三十余名に比べれば、浅草東署は約八分の一にも満たない。

昔はそんな小規模署だからこそ、一暴力団の動きに合わせて小回りも利くといった利点もあった。

が、同様にして小規模署だからこそ、昨今の暴力団の潜った闇の中に手を突っ込んで引っ掻《か》き回すほどの、人手も頭脳も、予算もない。

かくて浅草東署は暴対法施行によって暇な署になり、やがてお荷物になり、昨今では各署からの応援要請の受け皿に成り下がった。

新宿署のような大規模署には、当然のように単独で刑事課があり、生活安全課があり、組織犯罪対策課があり、他にも六つ前後の課が網羅《もうら》されている。

対して浅草東署には、警務・交通・警備・地域の他には、なんの捻《ひね》りもなくただ職務をつなぎ合わせただけの、ひとつの課しか存在しない。

その名もズバリ、刑事生活安全組織犯罪対策課、だ。

笑えるほど端的に、つまり〈なんでも屋〉であり、〈便利屋〉なのだ。

一昨日も向島《むこうじま》署の応援要請を受け、〈なんでも屋〉は東奔西走した。

浅草東署が前日まで相当に慌ただしかったのは、この要請に応えたからだ。

案件は、川向こうの墨堤《ぼくてい》に上がった水死体の初動捜査だった。

浅草東署からは、刑事生活安全組織犯罪対策課の二係と三係を中心に交通課や地域課まで、都合で二十八人が駆り出された。

新海も、刑事生活安全組織犯罪対策課三係の係長として臨場した。

水死体は、全裸だった。若い男だということだけは間違いなかったが、指紋の照合による前歴もなく、身元は二日以上経った今もまだ不明だった。

全体に腐乱はあまり進行していなかったが、拷問でも受けたものか、特に顔面の損傷が激しかったという。

司法解剖の結果、死因はその拷問によるショック死であると断定され、殺人事件として向島署に帳場《ちょうば》が立った。

と、それくらいまでは新海も知っていた。今朝の新聞で読んだからだ。

捜査本部に組み込まれたからではない。

応援といっても機動捜査隊の手伝いくらいで、たいがいそこまでだ。

その後も継続して要請があるのは、捜査が大掛かりになると最初から予想される場合か、深く潜って面倒臭い場合のどちらかに限られた。

そしてどちらにしても、手伝いの浅草東署の面々は、論功行賞に関わる前にお役ご免になる。

ロケットで言えば、三段ブースターなら一段目か二段目だ。無事に役目を果たしたとしても、空中で切り離されて消滅する。そうして本体が目的地に無事到着したときには、だいたい付いていたことさえ忘れられている。

だから応援要請があったとしても、実は重要な仕事も深い案件もそう多くはない。

多くはないから結果、四階建ての署の屋上で晴天を眺め、気持ちがいいなと伸びをすることになる。

「あのぉ」

新海の近くではためく洗濯物の向こうから、凜《りん》と張る女声が掛かった。

「そこ、邪魔なんですけど」

交通課の山下和美《やましたかずみ》だった。新海より階級も歳もひとつ下になるが、七年もいるので態度は大きい。

山下以外にも、他に四人ほど女性がいた。たいがい交通課の面々だった。週替わりの洗濯当番のようだ。

ひとりだけ、新海の部下が交じっていた。引っ込み思案の蜂谷洋子《はちやようこ》巡査部長・三十四歳だ。

引っ込み思案だから、まだあまり話したことはない。

黒縁の眼鏡は伊達《だて》で、パーソナルとパブリックの臨界を感覚的に認知するため、という説明を、たしか文書で提出された。

浅草東署の屋上にはその昔、あからさまに松濤会を見張るため大型の望遠鏡が二基設置された。

それが暴対法によってただのオブジェになり、今では洗濯物用のナイロンロープが張られている。

そこから手摺りやアンテナの支柱まで伸びるロープの向きは、新海には理解できないほど複雑だ。

「晴れ間は、係長だけのものじゃないんですから」

「あ、ここにも干すのか。ゴメン」

もちろん、今はそんな庶務を女性だけに押しつける時代ではない。順番で刑事生活安全組織犯罪対策課もやる。

タオルや官給品の一部が主だが、実際には担当する課ごとに干されるものが少しずつ違う。

多分に私物が交じるのはご愛敬にして、暗黙の了解というものだろう。

ちなみに、署の屋上の前半分はこの洗濯物干し場だが、奥半分には所狭しとプランターやポットが並ぶ。

そんなことにも活用しようという気になるほど、浅草東署の屋上は本当に陽当たりがよかった。

紫蘇《しそ》やパセリ、ミニトマト、サニーレタス。

食材ばかりだから署内では好評で、なおかつこちらの世話は持ち回りではない。

担当は浅草東署のナンバー2、副署長の深水《ふかみ》守《まもる》警部・五十五歳、というか、プランターやポットはこの、深水副署長の縄張りにして侵すべからざる聖域だ。

今もはためく洗濯物の向こうで、ミニキャロットに霧吹きで水をやっている姿が垣間見えた。

「大きくなるんだぞお」

小さな声で大きく励ますのは風物詩ではなく、どちらかといえば植物たちに対する朝令、訓示に近いか。

まあ、それはさておき――。

新海はこの春、めでたく警部補に昇任した。だから浅草東署では係長と呼ばれる。

ノンキャリ二十八歳での昇任は、おそらく最速の部類だと自負はあった。

昇任当時、勤務していたのは築地署の刑事課だった。

築地署は大規模署で、新海の勤務当時で署員数は二百八十一名を数えた。

しかし、昇任したらすぐに春の人事異動があり、なぜか新海の異動先は〈なんでも屋〉、超絶小規模署の浅草東署だった。

浅草東署については吹き溜まり、寄せ場という異称も聞いたことがあった。

胸に手を当てても、懲罰の覚えは皆無だった。

そんな場所になぜと思った矢先、

「新海。勉強してこい。〈なんでも屋〉の署長な、見た目に騙《だま》されちゃいけないぞ。あれは出来物《できぶつ》だ。この異動は、お前にとって無駄にならない。間違いない」

新海に辞令を伝えた築地署の刑事課長は、胸を張ってそんなことを言った。

ただし、

「本当に?」

と新海が念を押せば、

「たぶん。だと思う」

と目を泳がせていたから、あまり信憑性《しんぴょうせい》はないが、そのまま笑って有耶無耶《うやむや》にされた。

「さぁて」

伸ばした腕をそのまま下ろし、新海は腕時計で時間を確認した。

十一時少し前だった。

「今から行けば、並ばないで入れるかな」

これは近所のとんかつ屋、〈笠松《かさまつ》〉の話だ。

笠松は肉の厚さも柔らかさも一級品の、東浅草では名店だった。

そんな、都民の血税をラードで揚げるようなことを考えながら階下に降りる。

ちなみに、この浅草東署は敷地面積が狭く、四階建てだが鉛筆のようなビルでエレベーターはない。

ないから屋上にエレベーター機械室もなく、だから一日中陽当たりがいいという結論に辿《たど》り着く。

「おおい。係長。新海くーん」

四階に降りると、少し高めの元気がいい声が響き渡った。

誰かは声だけですぐにわかる。

四十過ぎには有り得ない童顔に似合いの声は、最初に挨拶したときから印象がマックスだった。

「なんすか」

「君に名指しで電話だよ。外線。公衆電話からだってさ。私のとこで取っていいよぉ」

常に開けっ放しのドアから顔を出し、署長の町村義之《まちむらよしゆき》が手招きした。

エレベーターがないので、用事があるときにはどの部屋を使ってもいいとは町村直々《じきじき》の通達だ。署長室も例外ではない。

「失礼します」

新海は礼儀として頭を下げ、署長室に入った。

百人にも満たない小規模署だが、署長である町村は準キャリアの警視だ。

最初こそ雲の上の人と緊張もしたが、すぐに慣れたというか、馴染んだ。

柔らかい巻き髪でゆで卵のような肌の町村は、縦に伸びたキューピー人形のような顔をしていた。身体つきは伸びることなく、そのまま人形に制服を着せるとこうなるか、というような見本だ。

要するに、愛らしい。

「なんかガラガラした声の、ちょっと怖そうな人だよ」

自分とは真反対な印象を、愛らしいキューピーが口にした。

新海は受話器を取り、通話にした。

「もしもし」

――ああ？　遅《おせ》ぇぞ。新海。

なるほど、たしかにガラガラした声だった。

「コラ。なんで署に掛けてきてんだ」

――へへっ。さっきな、俺んとこから食い逃げしようってぇ太《ふて》ぇのがいてよ。足止めに手近なモン投げたらお前ぇ、携帯でな。当然てぇか、壊れちまった。大損だわ。

「ふうん」

そういう奴だ。

有り得るから驚きもしない。

――自慢じゃねぇが、暗記してるなぁ、１１９と１１０くれぇだ。そっから浅草東署を手《た》繰《ぐ》ってよ。

たしかに自慢ではないが受話器から聞こえる声は、自慢ではないことをどこか自慢していた。

これも、そういう奴だと理解しているからチャチャも突っ込みも入れない。

電話の向こうから聞こえてくるのは、鍛えたテキ屋の声だ。

新海にとっては腐れ縁に近い、瀬川藤太の声だった。

二

新海は高校柔道を、最終的に個人戦は県代表止まりだったが、団体戦で総体の三位に入った。

この団体戦の功績で、私立のR大学に特別推薦をもらった。

一般入試でもギリギリいけただろうとは専《もっぱ》らだったが、自身の希望に拠って柔道で入った。R大柔道部の寮が府中《ふちゅう》にあり、寮費が格安だったからだ。

結果として怪我もあり、大学柔道は鳴かず飛ばずで終わったが、最後まで全力は尽くした。

柔道部自体は新海が三年のとき、大学選手権で悲願の初優勝を果たした。

そのときの主将に誘われ、新海は警視庁採用試験を受けた。とにかく、公務員という職種は魅力だった。

パートを掛け持ちして自分と妹の茜を支えてくれた母を、少しでも早く安心させたいとは、この頃の新海の口癖のようなものだった。

対して瀬川藤太は、川越の少年刑務所を出所した足で成田に行った。

形としてはそのまま武州虎徹組本部、つまり、相京忠治宅に住み込みとなった。

忠治は若い頃に妻と死別して以来独り身で子供もおらず、子分の出入りはあっても、基本的には一人暮らしだった。

瀬川一家の家業は母・めぐみと姉の静香、それに愛莉もよく手伝って、父を失っても人手に渡ることはなかった。〈美人三代〉などとテレビの地方局で紹介されたりもし、かえって盛況になったりもした。

ただし、忠治の勧めで大阪と唐津は権利を売った。

松尾がいた唐津は言わずもがなだが、大阪はついでだ。

テキ屋稼業は荒っぽい。気風と愛敬だけでどうにかなるものではない。

忠治の目が届く関東だけなら、なにかあってもすぐに助けの手が出せる、という含みもあったらしい。

「だから藤太。安心してよ、お前ぇはここで、俺の下でじっくり心を練れ。弱きを助け、強きを挫《くじ》く。わかるかい。それが任俠。俠《おとこ》の心ってもんだ」

忠治はそんなことを、晩酌の席で度々瀬川に教えた。

武州虎徹組は、組員十人ほどの小さな独立系だったが、ただの弱小ヤクザではない。

源流に成田の甚蔵という関八州の大俠客の流れを汲《く》む、言えば由緒正しいヤクザだ。

忠治はその直系だった。

昔から成田山新勝寺《しんしょうじ》と関係が深く、寺域界隈の一切の〈掃除〉を引き受ける代わりに、テキ屋の差配を任されていた。

自身の組からも手空きの子分衆が屋台を出すのが習わしにして、商売の一端だった。

忠治に言わせれば、それも正しいヤクザ、任俠の修行らしい。

瀬川も、スタートはそこだった。

新勝寺が了解している以上、警察も武州虎徹組に関しては暴対以前も以降も、こと成田山内のことに限っては不介入にして黙認だ。逆に利用もする。

武州虎徹組はこの成田山内の〈掃除〉という御職によって、安定どころか大層なシノギを持ち、日陰の商売に手を出さなくとも食っていけたようだ。

逆に言えば、違法な商売に手を出して万が一にも発覚すれば、その瞬間に新勝寺と縁切りになるのは間違いない。

歴史上最後の俠客といわれ、徳川慶喜《よしのぶ》とも交誼《こうぎ》があった新門辰五郎《しんもんたつごろう》も、時の浅草寺と同じような関係だったという。

任俠とは本来、真っ直ぐで武骨で、健全なものなのだ。

忠治の俠気もあり、武州虎徹組はどの暴力団に日和《ひよ》ることもせず、また侵食されることもなく、堂々と組を維持できた。

実際、新宿に総本部を置く鬼不動組の理事長・柚木達夫《ゆのきたつお》と忠治は、歳こそ柚木の方が十歳も上だが、古くから五分《ごぶ》の盃《さかずき》を交わしていた。

瀬川はそんな忠治に、任俠の心棒を約七年間、叩き込まれた。

一年で盃を許され子分となり、この年の春には若頭になっていた。若頭は、次期組長候補の筆頭だ。

人生の面白い符合だが、新海が警視庁に入職したのはこの、瀬川がヤクザになった年だった。

巡る六年の時を経て今年、新海は警部補になって浅草東署に異動し、瀬川は武州虎徹組の若頭になった。

一週間と差のない、同じ春のことだった。


――なあ。新海。太田《おおた》って知ってるよな。

瀬川は受話器の向こうからいきなり、新海にそんなことを聞いてきた。

「太田？　ああっと。それは、まあ」

新海は目の前でニコニコしつつ、がっつり聞いている町村に配慮して言葉を濁《にご》した。

――なんだ。わかんねえんかよ。まあ、俺も何回かしか見掛けたこたぁねえが。ほら、焼きそば男。これでわかっかい？　姉ちゃんとこの屋台のよ。

「ん？　ああ。おう」

言われなくともわかっていた。浅草東署の根幹に関係する男だ。

だから新海は知っていて、知っているから濁した。

太田、太田京次《きょうじ》は浅草界隈でならした元半グレで、松濤会に近いチンピラだった。今年でたしか二十三歳になる、と聞いた覚えがある。

松濤会は、鬼不動組の二次組織で、今でも正式な組の構成員数で五十人は下らない大所帯だ。

加えて下部団体やフロント企業まで数えれば、間違いなく総人数は浅草東署の署員より多いとは、笑えないどころか泣けてくる。

太田は三年ほど前から松濤会に出入りするようになったようだ。まだ盃は許されていないらしいが、半グレ上がりの仲間だか舎弟だかが何人かいるらしい。

そいつらとつるんで、せっせと稼いだ金を貢《みつ》いでいるというのが正しいか。真っ当と言えば真っ当なチンピラだ。

薄暗い才覚と小汚い性根がなければチンピラ以上にはなれない。

そこからさらに上を目指すなら、人でなしになる覚悟がいる。

太田は少なくとも、普通の人間だった。だから松濤会に出入りを許され三年経っても、まだチンピラなのだろう。それは新海も把握していた。

太田は藤太の姉、静香に惚れていることを隠しもしない男だった。バツイチ・高一の子持ちである静香の方が十歳も上だが、そんなことは関係がなかった。

太田に熟女好きの気があるかないかは知らない。

とにかく静香は、新海から見ても色気の塊のような女だった。

昔は全体的に幼い印象だったが、テキ屋を切り盛りするようになっていきなり開花した感じだ。

女は恐ろしいと、新海は静香の変身で理解した。

静香は浅草寺裏手、浅草神社近くにも、ときおり焼きそばの屋台を出した。

ときおりというのは、東照宮春季例大祭と三社祭が重ならない限り、という意味だ。

東照宮の例大祭は神事であり、毎年五月の十七、十八日と決まっていた。

対して三社祭は、五月の第三金・土・日の三日間だ。

この年は上手《うま》い具合に、三社の始まりが十九日からだった。

それで静香は、十七日の日光から移動日なしの三社で、大忙しだったたという。

浅草寺界隈は松濤会のシマだが、相京忠治と鬼不動組理事長の関係で、昔から浅草神社付近のテキ屋の差配は武州虎徹組が任されていた。

浅草神社付近は、回り職が祭りや行事のときに屋台を出す界隈だ。

だからギリギリ、鬼不動組の柚木も忠治に振れたのだろうし、松濤会も親の顔を立てて承諾したのだろう。

わかっているから静香は大手を振り、ついでに武州虎徹組・相京忠治という御旗《みはた》を目一杯に振り回しながら屋台を出した。

そういう場所だから、イケイケの松濤会であっても、文句を言う筋合いはないし、実際にも言わない。

大阪と唐津の権利を売って暇になった七月からの年の後半を、静香は武州虎徹組の手伝いに当てた。

弟が世話になっている組への恩返し、などと殊勝なことを言って相京に取り入ったが、タダではない。色気を前面に押し出した交渉によって、決して安くない半年給を約束させている。

しかもそれだけでなく、忠治の口利きで成田山の別院、深川不動堂《ふかがわふどうどう》にもときに屋台を出し、川越の本行院《ほんぎょういん》には、母・めぐみの屋台を潜り込ませていた。

「親方。ぜぇんぶ任せて。今までよりも、イッパイイッパイ、売り上げて見せるから。だから、ね。お・ね・が・い」

「うっはっはっ。仕方ねえなぁ、おい！」

なんというか、遣《や》り手《て》だ。

そうして浅草神社の屋台で、まんまとこの静香の、イッパイイッパイ、売り上げようとする毒牙に嵌《はま》ったのが太田だった。

太田自身に言わせれば静香は弁天様ということだが、浅草神社周辺のテキ屋衆は、ありゃあ女狐だと口をそろえて首を振る。

なんにしても、静香に一目惚れしたのが太田の運の尽きだったようだ。

最初は屋台の焼きそばを大人食いさせるだけだったらしいが、売り上げの帳尻が合わないときは、太田の都合などお構いなしに呼び出しては、焼きそばを〈買わせまくって〉いるという。

誰に聞いても太田が〈買いまくって〉いるという方向に話が向かないことで、主導権がどちらにあるかは言わずもがなで、悲しいほどハッキリしていた。

新海はまだ太田に三度しか会ったことはないが、その三度が三日続けての三度であり、あまりに強烈に悲惨だったので忘れ得なかった。

三日とも、新海が出くわした場面では、太田は屋台の焼きそばを食っていた。いや、食わされていた。

だから、

――なあ。新海。太田って知ってるよな。

と瀬川に聞かれれば、一も二もなく、もちろん知っている。

知っているからこそ、署長の町村の手前、さすがに言葉を濁さざるを得なかった。

武州虎徹組という独立系のヤクザの若頭から署に電話が掛かり、用件が松濤会に出入りするチンピラについてで、知っているよなと署長室で、しかも現物の署長を前にして聞かれた。

普通の警察官なら、知らないと答える。

あんたのことも知らないと続けるかもしれない。

そこまではしないのは署長が町村で、〈なんでも屋〉の浅草東署だからで、そんな職場にどうやら新海自身も染まり始めたからだろう。

「まあ、いいや」

新海は苦笑いで頭を掻き、まだニコニコとしてがっつり聞いている町村に、

「屋上で副署長が呼んでましたよ。ミニトマトが収穫時期だそうです」

とささやかに可愛い嘘をついた。

三

新海が太田を初めて見掛けたのは、この年の三社祭でだった。午後に入ってからのことだ。

本署、つまり浅草署からの要請で、浅草東署の刑事生活安全組織犯罪対策課の刑事はたいがい防犯の巡回に駆り出される。

三社祭は三日間で百五十万人の人出が予想されるとあって、浅草署でも交通課や地域課、生活安全課にとっては、一年で最も神経を尖らせるイベントに違いない。

駆り出されてレクチャーを受ける間、たしかにそこいらの課員が特にピリピリと殺気立っていた。

本署からの要請は浅草東署にとっても毎年の恒例らしい。

この要請があると祭り好きの課員などは、

「ああ。今年も祭りの季節が始まんだな」

と感慨深いようだ。

この三社祭を皮切りに、東京に走るような祭りのシーズンが始まるのだという。

新海は静香が三社祭のとき、都合が合えば浅草寺裏手、浅草神社近くに屋台を出すのは知っていた。瀬川に聞いていたからだ。

この年は日光の祭りと三社が完全に別日だったから、静香は浅草に三日間ともいるはずだった。

新海の太田に対する初見は、浅草神社の石鳥居の陰からだった。

まず静香の屋台に立ち寄る場合は、遠見で繁盛具合をたしかめてからというルールを、新海は自分に課していた。

瀬川一家との付き合いは長い。もう十三年になる。

藤太が川越の少年刑務所に収容されている間は、お節介かと思ったが屋台を手伝ったりもした。

なので、静香の商法は骨の髄までわかっていた、はずだった。

だったというのは、わかっていても買わされるときがあったからだ。

特に売り上げが足りず、商魂に火が点《つ》いたときの静香は悪魔、いや、魔女だ。

特に、提灯に明かりが灯《とも》る夜は。

「ねえ。お客さん」

祭りの夜の雑踏に、羽毛のようにふわりと掛けるこの甘やかな声は、まるで男を夢の世界へと誘う魔法だった。そんじょそこいらの並の男が太刀打ちできるものではない。

すがるような目で寄ってきて腕を取られ、豊かな胸を押し付けられたらほぼ魔法は完成、つまり、商売は成立だ。

右手を取られたなら左手に、左手を取られたなら右手に、気が付けば数パックが詰められたビニル袋を提げさせられているのが、通り掛かった客によく見掛けられる姿だった。

だから、静香の屋台に近寄るとき、新海はまず様子をたしかめる。

このルールを譲ることなく守ったおかげで、おそらく買わなくて済んだ焼きそばは百パックや二百パックでは利かないというのが、新海の密かな自慢だった。

本当に大した自慢ではないが――。

そうして太田は三社祭の初日、華やかな『大行列』の日、静香の屋台の脇に立っていた。木製のベンチはあったが、山と積まれた焼きそばで座れないようだった。で、立ったままその焼きそばを順に手に取り、唸《うな》りながら食っていた。

なんとも、ものの哀れというヤツだった。

なにが哀れかと言えば、報われないのが哀れ、というヤツだ。深川の縁日ではどうかは知らないが、成田にも日光にも、絡新婦《じょろうぐも》の巣に引っ掛かったものの哀れというか、そのものズバリの哀れな奴らを新海は知っていた。

なんにしても、太田がいることによって自身に実害はなさそうだと踏み、新海は屋台に近付いた。

静香は素足にサブリナ丈のスキニージーンズにキャミソールで、小さな前掛けエプロンを巻いていた。後ろで束ねたセミロングの髪には、真っ白い三角巾だ。

スタイルの良さが強調されていると言うか、あざといほどに計算されている。

顔も三角巾によって、もともと大きいわけではないが細く小さく、若く見えた。

刑事刑事、仕事仕事、巡邏《じゅんら》巡邏、とお題目を唱えなければ、思わず新海も焼きそばのビニル袋を手に提げてしまいそうだった。

「あら。新海君。あ、そっか。こっちに異動したんだってね」

さっぱりとした笑顔だった。

まずまず、売り上げは好調のようだ。

それはそうだろう。

木製のベンチに山と積まれた太田の分を数えただけで、間違いなく今日の黒字は確定だった。

「姉さん。どうです？　トラブルはありませんか？」

「ないわよ。なぁんにも」

静香は肩を竦《すく》めた。それだけで匂うような仕草だ。

「なんたって、用心棒兼お得意様の太田君がいつまでも食べてくれるから。ねえ、お・た・君」

「ふえ？」

向こう向きだった太田が新海の方に身体を捻《ね》じった。

口元で数本の焼きそばが揺れ、一気に啜《すす》り込まれる。

「新海君。紹介するわ。こちら、色男の太田君。ねぇ」

静香が甘ったるく紹介してくれるが、見れば新海には知った顔だった。

松濤会に出入りする連中はたいがい記憶していた。それが新海の商売だ。

もちろん、太田の方は新海のことを知らないだろう。

「兄さん。腹減ってねえか」

その証拠に、ビビるでも怯《ひる》むでもなく、普通に聞いてきた。

「え？　いや、さっき食ったけど」

「減ってるよな」

「ん？　だから、さっき食ったって」

「じゃあ、例えばよ、減ってるってことにしといて食えや。てぇか、頼むから食ってくれねえか」

情けなくすがるような声。

それが記憶にある限り、新海と太田の最初の会話だった。

太田の身長は新海より少し低い百七十センチくらいで、真っ赤なアロハにハーフパンツというい《ママ》で立ちだった。ニキビの跡もまだいくつか散見されて、まったく渋谷にいそうな今風の若者に見えた。

もっとも、半グレ上がりの多くは皆、大体が似たような感じだ。見た目だけでは凶暴さも軽さも、馬鹿さ加減もわからない。

たいがいは文字通り、半分グレた辺りでウロウロし、それなりの歳になって卒業してゆく。

そこから人でなしに腐るには、相当な覚悟が必要だ。

太田にはどうにも、そんな覚悟は欠片も見込めなかった。

本当にただのチンピラで、それ以上でも以下でもないようだった。

「そうだね。ただならまあ、少しくらい手伝ってやろうか」

「おっ。有り難《がて》ぇ」

「太田君、って言ったっけ。ずいぶん積んでるけど、君はいくつ食ったんだい」

「ああ。四、いや、五個目だな」

「へえ」

そのくらいか、意外と頑張ってるなと思っていると、

「午後になってからはな」

と太田は続けた。

「ん？」

意味がわからなかった。

なにかの呪文だろうか。

「午前中に七、頑張ったからな」

新海はおもむろに、ベンチの上の焼きそばを手に取った。

出来立てはおそらく、一つもなかった。温かい物すらない。

「姉さん。わかるけど、いや、わからないけど。ちょっと惨《むご》くないですかね」

「ほほほっ」

静香は笑った。

商売というオーラが滲み出るような笑顔だった。

太田が割り箸をくわえたまま、静香の笑顔に目を細めた。

（これじゃあな）

新海は二人を見比べ、内心で嘆息した。

静香と太田では、ありとあらゆる意味で考えるまでもなく格が違った。

今日が地球滅亡の日であっても結ばれることはない。

そんな日でもきっと焼きそばを売りつけられるだろう。

そして、太田なら間違いなく買う。

これが屋台の焼きそばだからまだいいが、静香がテキ屋ではなく銀座のお姉様だったら、太田はもう一文無しどころではなく、それ以下に深く沈んで今頃、間違いなく遠洋漁船に乗って皿洗いでもしている。

新海が焼きそばを助けてやる気になったのは、太田に同情したからだ。エールと言ってもいい。

（頑張れよ。いや、どだい、頑張っても無理だけど）

そんな思いで二つ食ってやった。

三つ目でギブアップだった。

本当に、署の近くの中華屋でラーメンライスを食ったばかりで、まだ三十分と経ってはいなかった。

しかも、三社祭記念でサービスだったから、ライスは大盛りだ。

「ちっ。兄さん。だらしねえなあ。口ほどにもねえぜ」

言われる筋合いはないが、言おうとすると出そうだった。

黙っていると、静香がお茶のペットボトルをくれた。

「ごめんね。今日はさすがに、三社の雰囲気にあたしも乗っちゃったかな」

「いくつ売ったんです」

「今日の仕込み全部」

「乗り過ぎでしょう」

その間に、太田はフラフラと浅草神社の雑踏に足を踏み出していた。両手に焼きそばを持っていた。

――兄ちゃん。これ食えや。

――なあ、そこの姉ちゃん。これ食ってくれや。

太田は通り掛かりの人達に、手に持った焼きそばを押し付けた。

それからしばらくは押し付けては戻り、押し付けては戻りを繰り返した。

新海は眺めるだけで、特に注意もしなかった。

押し売りをしたなら当然取り締まりの対象だが、太田はただ、無償で配りまくっただけだった。

その上、

「おう。兄ちゃん。俺とおんなじ祭り好きなら、そいつぁいけねえ。食ったら空きパックは、こっちのゴミ入れに頼むぜぇ。箸はこっちな。エコだぜぇ」

と、ここまで行き届けば、スーパーの試食コーナーを超える。

太田は自分で買った焼きそばを無償で配布し、静香の屋台のPRをしているようなものだった。

もちろん、味が悪ければPRもくそもないが。

瀬川家代々の焼きそばは、父・信一郎のレシピ通りに作れば間違いなく美味《うま》かった。秘伝の味というやつだ。

何人かも、美味い、美味いと口にした。明日も来るとも言ったものだ。

そこはかとない熱を感じて、新海は隣を見た。

「明日は、仕込みを倍くらいにしてもいいかしら」

静香が腕組みしながら、また商売人の顔で笑っていた。

倍はやり過ぎじゃないかと思いながら、人の商売のことだ。

一生懸命焼きそばを配る太田を見ながら、新海は黙ってゴミを捨てた。

四

本当に何人かはリピーターとしてやってきたが、配った全員が来るわけもない。

予想されたことだが、倍も作れば作り過ぎになるわけで、引き受けるのは当然太田ということになる。

ただ太田もわかったもので、二日目からは舎弟だという男を連れてきた。

顎から動かす舐《な》めた挨拶で、若い男は吉岡《よしおか》と名乗った。

「こいつぁ食うぜぇ。なんたって、若《わけ》ぇからよお」

それでも作り過ぎになったのはひとえに、静香の商魂が太田の読みと覚悟を上回ったから、ということだ。

「太田君。どうしよう。余っちゃった。昨日あなたが一杯配ってくれたから、期待しちゃったんだけど」

恋は盲目というが、こんな遠回しに聞こえて実はド直球のクレームも、キャミソールの胸を押し付けられながらだと、甘い甘い〈ジュテーム〉に聞こえるらしい。

「姉さん、任せてくれよ。俺を誰だと思ってんだい？」

「きゃっ。太田君。頼もしいわぁ。じゃあ、明日はもっと増やすからよろしくね。半分は太田スペシャル、作っちゃおっかなあ。あなたにしか食べさせないヤツ」

「おっ。嬉《うれ》しいこと言ってくれるねえ」

「任せて。思いっきり手を抜く、あれ？　違った。縒《よ》りを掛けるわぁ」

「ははっ。いいんだぜ。手を抜いてくれても。その分、心が籠《こも》ってりゃあよ」

「きゃあ。太田君、格好いい」

新海にはたいがいわからないが、わかったこともある。

祭りの三日間、倍々に増え続けた焼きそばの余剰は、全部太田が引き受けることになったということだ。

結局太田自身も、最終日にはさらに増えて二人になった仲間だか舎弟達も、唸りながら焼きそばを食い、その戦いにあっさりと負け、全員が夕方までには試食コーナーのお兄さんになった。

この一事はびんざさら舞や、町内神輿《みこし》や本社神輿の渡御《とぎょ》より、三社祭の見所として新海には強烈だった。

そんな太田というチンピラの様子が、このところどうにもわからないのだと、電話越しに瀬川藤太は言った。

――姉ちゃんが連絡したってんだが、電話には出ねえし掛かってもこねぇんだとよ。まあ、太田ぁ、いくつか飛ばしの携帯やらＩＰやらも持ってたみてぇでよ。全部を知るわけじゃねえってぇが、姉ちゃんも知る限り片っ端から掛けたらしいわ。それでも駄目だってんで、舎弟連中にも掛けてみたらしいわ。けど、誰も出ねえし、誰からも折り返しもねえって。そのうちには知ってるだけの全部、電源も切られたってよ。

「ふうん」

ただの〈職業チンピラ〉男なら別にどうということもなさそうだが、たしかに三社祭での太田の純情というか、悲惨な様子を知っている身からすれば、新海にも引っ掛かりはなくもない。

「でも、あれだ。組関係の方に引っ張られて忙しいとか、いかがわしいとか」

――有り得ねえってよ。

間髪容《い》れず、瀬川は言い切った。

――俺も同じこと言ったんだ。でも、有り得ねえってよ。忙しいとか忙しくないとか、裏《うら》事《ごと》とかやましいとか、関係ねえそうだ。その、姉ちゃんにはな。

「ああ。姉さんには、ね。わからないでもない気もするが」

――だろ。弟の俺が言うのもなんだが、たしかにあの女にゃあ、並の男じゃ太刀打ちできねえよ。並の商売仲間、並のチンピラ、並の刑事。全部一緒だ。少しくれぇ上のヤクザもな。

傾国のテキ屋、などという不思議な言葉が新海の脳裏に浮かんだ。

浮かんで静香の姿を取り、手を振った。

それほど言葉負けはしない気がした。

(ていうか、言葉負けって)

そもそも、何が何に勝負を仕掛けていたのだろう。

――だからよ。悪ぃんだが、新海。太田を探してくんねえか。

「え」

下らない思考から、一気に引き戻される。

――いねえと困るんだ。特に今年はよ、天気がいいのは今日くれえで、明日っからしばらくは雨が降りやすいってテレビで言っててんじゃねえか。

「雨だからってなんだ。よくわからないし、俺も忙しいんだが」

――へっへっ。貧乏暇無しってか。嘘つけ。貧乏でもよ、お前ぇんとこの署は暇ばっかだろうが。

簡単に読まれるのは癪《しゃく》に障るが、別に新海が話したわけではない。

瀬川は松濤会と縁がある、武州虎徹組という独立系組織の若頭、つまりヤクザだ。浅草東署の薄っぺらさなどはとっくに知っているのだろう。

「うるさい。そんなこと、当たってるだけにお前に言われる筋合いはない」

――ああ。言わねえよ。人探しを手伝ってくれんならな。

「ちょっと待て。それにしたってうちじゃないだろ。管轄が違う」

——なにが？　違わねえだろ。松濤会絡みのチンピラだぜ。

「松濤会ってのは登記された組織じゃないだろうが。太田を探すなら、太田の住民票のある所轄ってことで、あいつはたしか東日暮里に住んでたんだったな。てことはつまり、荒川署の管轄だ。ただし、お前も姉さんも届け出るには太田との関係性が薄いから、まずはその辺をはっきりさせてだな。——わかるか」

問い掛けたが、瀬川からの返事はなかった。やけに静かだ。

いや、静かだから問い掛けた。

「瀬川。寝てんだろ。おいっ」

——ん！　ああ？　新海、なんか言ったか。で、どうよ。いつから掛かってくれんだ？

まったく聞いていないようだった。

まあ、いつものことだが。

新海は大きく息をついた。

「チンピラひとりだろ。お前が出てくりゃいいだろうが」

——それが無理だから頼んでる。

「いや、頼むにしても俺じゃなく、お前んとこの下っ端連中でいいじゃないか。管轄も何も違って、こっちは動けても単独だ。そっちなら頭数はいるだろうに」

——それも無理だから頼んでる。

「なんだよ、それ」

新海は少しだけ考えた。

すぐに答えに行き着いた。

「ああ。祇園《ぎおん》か。成田の」

「そういうことだ」

成田の祇園祭は、七月七日の七夕に一番近い金曜から日曜までの三日間で行われる大祭だ。毎年四十万から五十万人の人出が予想されている。

成田山の〈掃除〉を生業《なりわい》にする武州虎徹組にとって、正月と節分とこの祇園祭は、何を置いても欠くべからざる大事な行事だった。

全員で掛からなければならない、書き入れ時でもある。

と、新海の頭にふとした疑問が湧いた。

「なら、終わってから全員で探せばいいじゃないか」

——成田の後は、すぐ佐原《さわら》の本宿で祇園だ。それが終わるまで動けねえ。

「佐原？　ああ、ちょっと前にあれか、ユネスコに登録されたとかいう」

佐原の祭りは、七月の本宿八坂神社の祇園祭と、十月の新宿諏訪神社の秋祭りの総称として佐原の大祭と呼ばれた。佐原の山車《だし》行事として二〇一六年にはユネスコ世界無形文化遺産に登録されている。

するとさらに新海の頭に次なる疑問が浮かんだ。

「だからどうしたって？　それまでってことは、佐原が終わったら少し空くんだろ」

——空くがよ、それじゃ遅ぇんだ。まず成田の祇園だぜ。

「なにが」

——さっきも言ったじゃねえか。聞いてなかったのかよ。

お前がな、と言ってやりたいが、黙った。話を進めるためだ。

どうにも、会話はぐるぐると回った感がある。

——成田の三日間はよ、三日ともガッツリ雨の予報なんだ。売り上げが心配だから、大事を取って太田も呼んどこうってよ。そんで姉ちゃんが騒いだんだ。

「えっ。だっておい、成田には成田の、その、絡新婦の毒牙に引っ掛かった哀れなのがいるんだろうに」

——三日も雨だと、そんなんじゃ足りねえってよ。

「うわ」

思わず新海は顔を手で覆った。

「どんだけ売りつけるつもりだよ」

——どうせ大した財布じゃねぇから、空《から》になるまでだってよ。太田君はお祭り好きだから、成田の祇園も見せてあげたいしってな、心にもねえことも言ってたな。けど、大したもんじゃなくても馬鹿には出来ねえぜ。うちの姉ちゃんはよ、そんな財布を百は持ってる。

あっさりと瀬川は言った。

まあ、違法でさえなければ、人の商売だからどうでもいいが。

──てな具合なもんでよ。こっちは俺も誰も動けねえんだ。居留守なら居留守で首根っこ捕まえてよ。怪我とか病気でも、なんにしても首根っこ捕まえてよ。死んでるときゃあ香典五千円。そんなとこで新海、なんとか頼むわ。

「だから忙しいって」

──暇だろ。

「言い直す。特に暇過ぎじゃないって」

──じゃあ、適当に暇だな。

「それにしたってチンピラ探しだろ。しかも松濤会絡みの」

──気にならねえのか。うちの姉ちゃんをブッチだぜ。

「そりゃあ。ただ、管轄が違うしな」

──費用、弾むぜ。

「乗った」

反射的に新海は口にし、額の向こう傷辺りから手櫛を差して頭を掻いた。

まあ、反射になるほどだから、費用の話は頻繁ではあった。

警察官のアルバイト禁止は厳然たる建前として今もある。

本当のアルバイトはさすがに新海もどうかと思うが、この辺は友人知人との関係を円滑に保つ意味でも必要であり、なにより瀬川は、新海にとってはエスでもあった。

エスとは、外部の情報提供者や捜査協力者のことを指す呼称だ。

当然、無償ではない。そのための機密費も警察内には存在し、各エスとつながる警察官の自腹もある。

ギブ・アンド・テイク。

英語で言うと綺麗だが、持ちつ持たれつと言えば、印象はお代官様と越後屋になって少々薄暗い。

この薄暗さが、実は警察の本道かもしれない。

光の中の境界近くが薄暗さなら、闇の中の境界近くが薄明るさか。

なら、そこがヤクザの本道だとしたら。

警察はヤクザと大して違わないと言っては、不遜が過ぎるか。

「お好みで二百」

新海は天井を見上げながら言った。

署長室の外に小さな何かが転がった。鮮やかに赤かった気がしたが、伸びてきた手につまれてすぐに消えた。

取り敢えず、見なかったことにしておこう。

――新海、そりゃあ高《た》けぇや。半分だ。それとは別に、経費を大判で百。

それにしても、これは二百万円を百万円で、などという豪勢な話ではなく、経費も百万円などという景気のいい話ではない。符丁《ふちょう》のようなものだ。

お好みで二百は、瀬川の屋台のお好み焼き二百個分ということだ。

一個六百円だから十二万。それを瀬川は六万に値切った。

経費の大判は武州虎徹組の屋台の名物大判焼きで、こちらは可愛い。一個百円。百個は単純に一万円、小学生でもわかる。

「どこが弾んでんだ」

――チンピラひとりだぞ。

「ふむ」

言われればもっともな気もした。

「税別」

――ＯＫだ。

ささやかな交渉は、お好み焼きと大判焼きをそれぞれ百個と、消費税でまとまった。

五

電話を切ると、計ったように町村が署長室に戻ってきた。

ミニトマトの笊《ざる》を抱えていた。先程廊下に転がった、鮮やかな赤だ。

「いやあ、旬だねえ」

町村は満面の笑みで、小さなトマトを口に入れた。

本当に収穫時期だったのか。

新海は独り者で独身寮住まいで、料理はしないから旬という言葉には疎い。

ミニトマトを口実に選んだのは、たまたま屋上で一番印象的だったからだ。

「美味《おい》しいよ」

キューピーが何粒かを差し出す。

「いただきます」

まとめて口にした。

たしかに美味いが、無性にマヨネーズが欲しいか。

いや、キューピーにもらったからと言って、特に他意はない。好みの問題だ。

「署長。適当に聞いてましたよね」

自分から手を伸ばし、ミニトマトをもう三つばかり取った。

「うん。適当には、聞こえたかねえ」

「どの辺りからどんな感じで」

「ええとね」

天井を見上げつつ、町村もミニトマトをまた口に入れた。

「佐原がユネスコに登録されたから、絡新婦が売り付ける。程よく暇だから松濤会絡みのチンピラを探す。お好みの二百は管轄外」

「グチャグチャですね」

新海は額の向こう傷に手をやった。

さて、どうするか。

捻じ曲がった理解をされても後々面倒だが、全部を説明する気にはなれなかった。

瀬川藤太という男は香具師《やし》系のヤクザだが、新海にとって友であり、なによりエスだ。独自の情報源は多くの捜査員が持ち、そして秘匿《ひとく》している。

「説明、聞きますか？」

ミニトマトを食いながら聞いた。

「どっちでも。――話したい？」

ミニトマトを食いながら聞かれた。

「いや、そう返されると、なかなか難しいところですが」

「事件なの？」

「どうなんでしょう」

「事故？」

「さあ」

「じゃあ苦情？　鳩の糞？　烏《からす》かな？」

「なんでそっちになるんですか」

「いや、土地柄ね、ここは多いんだよ。それにうちは、〈なんでも屋〉だからねえ」

「説明、どうしますか？　聞きますか？」

「話したい？」

返しの応酬になった。話はまったく進まない。

はっきりしているのは立ち話にして、笊のミニトマトが確実に減ってゆくことだけだった。

「ま、なんだか知らないけど、しっかりね」

「あ、それでいいんですか」

「いいも何も、私はここの署長だから、なんでもやれ、どんどんやれって旗は振るけどね。ま、振るだけでね、ようは丸投げ。で、対外的には、私は部下を信じているってね。これは新海君、私の処世術だねえ」

「ごちそうさまでした」

トマトの切れ目が会話の切れ目、でいいかもしれない。

新海は踵《きびす》を返した。

署長室を出る。

「ああ、そうだ。係長、新海君」

町村の声が追ってきた。

「お昼は、どこに行くの？」

「そうですね」

ふと足を止めた。

もともとは〈笠松〉だったが、それは変更するつもりだった。

「キッチン〈丸《まる》〉ですかね」

「やあ、いいねえ。あそこは美味いし、ああ、なるほどねえ」

キッチン〈丸〉は浅草六丁目の馬道《うまみち》通りにある。オムレツ定食が評判だが、カツレツも美味い。

そしてなにより――。

「新海君は、本署に寄るつもりでしょ」

「えっ」

「なら、組対課の山科《やましな》係長を訪ねるといい。連絡しておくよ」

「うわっ」

なんとも、築地署の刑事課長の言葉が思い出された。

――〈なんでも屋〉の署長な、見た目に騙されちゃいけないぞ。あれは出来物だ。普段はとてもそうは思えないし、本人も片鱗《へんりん》すら見せないが、時々油断したところにこういうふうに差し込んでくる。

（まったくなあ）

新海がキッチン〈丸〉を選んだ理由は、まさにそこだった。

なにより、浅草署の近くだったからだ。

新海は、昼飯のついでに浅草署に行くつもりだった。

話したことはないが、警察学校の同期がひとり、刑事課にいたと記憶していた。

太田のことを調べるためだが、町村には読まれていたようだ。

こうなると立ち聞きも本当にユネスコのくだりからかは怪しいが、咎《とが》められたわけではないから流しっ放しにする。

勝手に先回りされるのは多少癪に触るが、署長の口利きは間違いなく有り難い。

「了解です。山科係長って、昔の部下とか同期とか」

「ううん。全然他人。ただ、ときどきね、うちの署の屋上の野菜を、勝手にこっそり採りに来る人」

「――行ってきます」

新海は、浅草東署を後にした。

広域指定暴力団に関するたいがいの情報は本庁のデータベースから拾えるが、細大・最新となると当該の所轄がネットから切り離して保管していたり、秘匿していたりする。

松濤会については三次団体からフロント企業、構成員から準構成員まで、情報がそろっているのが浅草署の組織犯罪対策課だ。

半グレ上がりのチンピラでも三年前から関わっていれば、太田のデータもいくばくかはそろっているはずだった。

キッチン〈丸〉のカツレツは美味かった。三十分は並ぶことになった。

新海は満足だったが、そんなこんなで一時を回った。

それから浅草署に顔を出した。

各捜査係が集められたフロアは、さすがに大規模署ともなると活気が違った。人の数も違う。

言葉遊びのようだが、〈刑事・生活安全・組織犯罪対策それぞれの課が集められたフロア〉というのと、〈刑事生活安全組織犯罪対策課があるフロア〉では、ニュアンスというか、重さが各段に違う。

新海は浅草東署にはない仕切りのカウンターの前に立った。

周辺には誰もいなかった。そもそも大多数が出払っているようだ。

奥に何人かの男達がいた。

そのうちの一人と目があった。

「なんでえ」

今どきパンチパーマは、組対で間違いないだろう。他にありえない。

前の任地、築地署でもそうだった。

「すいません。東署の新海と言いますが」

怪訝《けげん》な顔で男は周りを見渡した。

「誰か、〈なんでも屋〉呼んだんかあ？」

その場にいた全員が首を振った。

「あれ。ええと、なんて人だったかな」

「ちょっと」

近くで針のような女性の声がした。

振り返れば、引っ詰め髪の制服警官が睨《にら》んでいた。歳は四十を超えたくらいだろうか。左胸の階級章は新海と同じ物だった。つまり、警部補だ。

「こっち」

女性警官は歩み寄ってくると、いきなり腕をつかんだ。

「えっ」

「いいからこっち」

半ば強引に、新海は小部屋のひとつに連れていかれた。

殺風景な部屋だった。浅草東署にもある。取調室だ。

「ほら」

女性は胸ポケットから取り出したUSBスティックを机の上に放った。

「これで本当にチャラにしてくれるんでしょうね」

わからず新海が立ったままでいると、女性は一歩迫ってきた。

「あんなに一杯生《な》ってるんじゃない。帰り道にちょっと寄って、少しくらいもらったからってなによ」

一歩退こうとして、新海は留《とど》まった。

理解した。

なるほど、この女性が、ときどき勝手をする人か。

「あれ、山科係長。少し、だけだと」

詳しくは知らないから、鎌を掛けてみた。

山科の目が泳いだ。

「まあ、袋一つは、そりゃあ、あれよ、人によって、少しか沢山かは意見の分かれるところだろうけど」

「その少しを、ちょっと寄って、ですか」

「それもあれよ。その、たしかに一回だけじゃないっていうか、何回かに分けたっていうか」

「黙って勝手に」

「黙ってないわよ。もらうわよってちゃんと言ってるから。勝手じゃないわ。誰もいない方が悪いのよ。それをいきなり防犯カメラ映像ってなによっ。しかも署長からって。まったく、馬鹿にするにもほどがあるわっ」

新海は額の向こう傷を撫《な》でた。

だんだん頭が痛くなってきた。

ＵＳＢを手に取った。

細かい字のタイトルに、太田と舎弟達の名前が見て取れた。

十分だった。

「それ」

　山科が指を突きつけてきた。

「言われた通りに用意したんだから、チャラよ。いいわね」

「ああ。私はいざ知らず、署長はいいとして。ただ、ですねえ」

　内ポケットに収めてから、新海は勿体《もったい》をつけるようにしてかすかに笑った。

「……なによ」

「作ってる本人って、うちの副署長なんですけど。このこと、知ってるのかなあ。どうだろうなあ」

　山科の顔がわずかに引き攣《つ》った。

「食い物の恨みは、恐ろしいって言いますからねえ」

「……だ、だからってなによ。どうしろって言うのよ」

「季節ですから。まあ、お中元、からですかねえ」

　そのくらいにして外に出た。

　下らないヒステリックな喚き声は、もう聞こえては来なかった。

六

署に戻って、新海は山科から受け取ったＵＳＢをデスクのＰＣにつないだ。

量としては多くないが、情報の質としては悪くなかった。

まず意外なのは、太田の商売だ。新海の知らないことだった。

静香の焼きそばをあそこまで買えるというか、買わされてへこたれない以上、小金持ちだとは思っていた。

何によってかはそもそも、大いに気になるところだった。

三社のとき、それとなく聞いてみたが、

「へへっ。まあ、あれやこれやとな、色々だぁな」

とはぐらかされた。

資料から推察する限り、太田はどうやら新海が思う以上の、いわば中金持ちのようだった。

太田の商売に関する資料のその辺は、クエスチョンマークのオンパレードではあった。

捜査中か未確認か、捨て情報なのかは不明だが、何一つ情報を持たない新海にはそれだけでも有り難かった。

特に、

(有)プレミア・パーツ　代表取締役社長

という文字列は目を引いた。

もともとは、太田の父親が個人で立ち上げた会社のようだ。

よくは知らなかったが、場所はなんと千束三丁目、台東病院近くで、浅草署の管轄内らしい。

会社は定款《ていかん》に拠《よ》れば、廃車や中古車から取り出したパーツの並行輸出入が主業務ということだった。

この会社は、実際には太田が十三歳のときに父親が交通事故を起こして死んで以来、ほったらかしだったようだ。

残された母親は事故の後始末と生活をパートの掛け持ちで踏ん張ったらしいが、過労で太田の高校卒業を待たず亡くなっていた。

太田がひとりっ子だったのは、不幸中のせめてもか。

現在のプレミア・パーツは、そんな太田がなんとか高校を卒業した後に、数人の仲間と再開させたものだった。

ただし、大半の仲間とはすぐに喧嘩別れのような状態になったらしい。

会社というものは甘い考えではなかなか、立ち上げも継続も順風満帆とはいくものではない。

その後、十代のうちに一人がバイク事故で死亡し、現在もプレミア・パーツに関わる連中は太田本人も入れて三人だった。

残る二人も氏名を見れば、新海はすでに知っている連中だった。三社祭の二日目以降、太田と一緒に唸りながら焼きそばを食っていた男達だ。

資料には太田を始めとする関係者の一覧が、プレミア・パーツ再開時のメンバーからすべて網羅されていた。全員の写真も添付があった。

少々古い物も多いようだが、どこで入手したものか、なかなか芸が細かい。大規模署の組対ならでは、ということだろう。

太田だけでなく、半グレという奴らは半グレ同士で、細かく繋《つな》がるネットワークを持つらしい。個々人が数珠のように繋がるだけで、ときに金や女の匂いに集まってはすぐに散る。

要するに蚊《か》や蠅《はえ》のようなもので、実態がつかめないのだ。

この辺が、暴対法によって所在地も組織も丸裸にされた広域指定暴力団と違うところだ。

半グレは言い換えれば、別に生業《なりわい》を持ったワルの集まりと言うことも出来る。

太田もそんな中の一人であり、主にネットワークを使ってジャンクパーツを捌《さば》いたようだ。

やがて、金を摑《つか》んだ半グレ上がりの要求にも応えて、高級車のパーツも扱うようになり、その過程で押上《おしあげ》にある中古車販売会社と繫がり、今ではベンツやＢＭＷ、国産だとヴェルファイア辺りの、金になりそうな車のパーツを専門に卸すらしい。

この中古車販売会社、〈ベステアウト〉が松濤会のフロント企業だった。

「ふうん。なるほどね」

見終えた新海は、キャスター付きの椅子を軋《きし》ませた。

新海が所属する刑事生活安全組織犯罪対策課は、四階建ての三階にあった。

浅草東署は一階が受付と交通課で、二階は警務課と警備課、地域課だった。三階には残りというか、新海が所属する課と、その他が入る。四階はお偉いさんたちのフロアだ。

ちなみに三階にあるその他とは、種苗《しゅびょう》の置き場だったり、備品や押収物、拾得物の収蔵場所だったりする。つまり、物置だ。この物置は、ＴＰＯによって多目的に変化した。

新海のデスクはこの三階の、ほぼど真ん中にあった。

異動当初はもっと奥の、窓に近い方だった。警部補・係長は、一つの係を管理する立場だ。

新海の場合は三係だが、自分の部下とあれやこれや動くだけでは収まらず、他の係の案件にまで身体ごと首を突っ込んでいるうちに、気がつくと大部屋の真ん中に居着いていた。

思えば、築地署でもそんな感じだった。

署内の居場所は新海の場合、気になったら放っておけない性格によるところが、どうやら大きいようだった。

「なんだい？　係長。何がなるほどだって？　面白そうな案件なら、個人的に一丁《いっちょ》嚙《か》みするぜ」

デスクの間を、そんなことを言いながらキャスター椅子でゴロゴロとやってくる男がいた。

同じ刑事生活安全組織犯罪対策課三係の、中台信二《なかだいしんじ》巡査部長だ。短軀《たんく》の強面《こわもて》だが、意外なことに前職は組対ではなく、渋谷署の生活安全課だった。

四十歳バツイチで、バツイチの理由は女癖の悪さらしい。直らない癖と大層な養育費で、いつも金欠で金になることを探している。

ただし、だからといって侮《あなど》るなかれ、だ。

薬と毒は実は同じ物だったりもする。

ようは、匙《さじ》加減というヤツだ。

中台は顔も広く、便利に使える男だった。

なんというか、署内にはそんな連中が大勢いた。

基本的に、浅草東署員はひと癖もふた癖もある人間ばかりだった。

特に捜査員は、どこにいて何をしているかも、報告はあるがその通りかは定かでない。

多くはサボっている。浅草の街を歩けばパチンコ屋やウインズ辺りでよく見掛けた。それでも応援要請で呼び集めればキチンと集合し、どこの署に派遣されても俸給分は働くから特に文句は言われないし、新海も言わないし、それが署長の方針でもあった。

今、この中台の他に三階には、課長の勅使河原《てしがわら》と一係長と、二係の若い巡査がいるだけだった。

二係長は今日は公休日で、新海の三係と合わせ、刑事生活安全組織犯罪対策課はそれで全部だった。

中台がいるのはなんというか、ただ金がないからだろう。

白髪を七三に分けた不気味な整髪初老男が、定年も近い勅使河原課長だ。このフロアのリーダーで、今現在は唸りながら一係長と将棋を指していた。

二係の若い巡査はスマホを使い、結構な音量でリズムゲームだ。

音は将棋にも影響し、将棋自体が不思議な早指しのようにもなっていた。

全体的に、午前中に新海が感じた通り、応援で慌ただしかった反動の弛《ゆる》みが澱んでいた。

中台がキャスター椅子で器用にスラロームをこなし、デスクを挟んで新海の前にピタリと止まった。

「そりゃあ、なんの資料だい？」

係長と部下の関係だが、歳がひと回りも違えば敬語もクソもない。実際にはそんなものだ。

新海は黙ってファイルごと資料を中台の前に送った。

出所は当然のことだが言えないし、言わない。

「おっ。へっへっ」

中台は揉《も》み手でファイルを手に取った。個人的なものか、水面下のものだと睨んだに違いない。

嗅覚は褒《ほ》めるべきで、使うべきだというのが新海の判断だった。

特に中台は、お誂《あつら》え向きかもしれない。

中台が資料に目を通す間、少し説明をした。

もちろん瀬川の話は、隠すわけではないがしない。

ただ、太田とは三社祭の浅草神社の、色っぽい姉ちゃんの焼きそば屋台で顔見知りになった、くらいの話はする。

「へえ。松濤会絡みのチンピラね。それが連絡がつかないって？　まあ、係長のルートですることだ。どっからの情報かは、言わないなら聞かないがね」

いい判断だ。手の内を探ろうとしないのは気持ちがいい。

五千円のつもりだった手伝い賃に、もう千円くらい上乗せをしようか。

その程度なら、まあ瀬川にゴネればなんとかなるだろう。

「ちょっと手伝ってくれませんか」

中台は手の親指と人差し指で円を作った。

出し惜しみせず、新海は最初から右手でパーを作り、左手の人差し指を立てた。

驚いた顔で、中台がいきなり立ち上がった。

「何をすればいいでしょうか！」

うーん。

なんてわかりやすく可愛い部下だ。

「そうですね」

新海はデスクの上に手を伸ばした。

「これ」

指で差したのは資料の（有）プレミア・パーツ、太田の会社名だった。

「これをもっと詳しく。お願いしていいですかね」

「お。そいつの会社ね」

「そう。ここに繋がるネットワークというか人脈と、出来たら最近の商売の実態。その辺のことが知りたいですね」

「了解」

中台は滅多に見せない敬礼をした。

釣られて新海も返す。

形が身体に馴染まない感じがした。

そう言えば、真っ当な敬礼はこのところしたことがなかったことを思い出す。

特に、浅草東署に来てからは皆無だ。

ふと、窓際からの視線を感じた。

勅使河原が将棋盤から顔を上げ、不思議なものを見るような顔をしていた。

どうせだから敬礼の形のままそちらを向いてみせた。

「おおっ」

課長が慌てて敬礼を返そうとし、将棋盤がひっくり返って駒を盛大に撒《ま》き散らした。

七

瀬川から太田に関する依頼の電話があってから、二日が過ぎた。

どうやら五月晴れはこのしばらくの間では、本当に二日前の一日だけになるようだった。

この日も前日同様、朝からどんよりとした一日になった。

夕方には小雨がぱらつくかもと、新海が最近気に入っているテレビのお天気お姉さんは言っていた。

信じる者は救われる、のだ。

ということで、だから早めに動くことにした。

時間は間もなく、午後一時になるところだった。

新海はおもむろに三階の大部屋から降り、署の外に出た。

向かうのはそこから、大通りを挟んで、右手に百メートルも行かない場所にある五階建てのビルだった。

最初から見えているから、遠近の感覚すらない。すぐに着いた。

「さて、と」

一度、歩道と車道の境目にバックして立ち、大げさな手庇《てびさし》でビル全体をたしかめた。

高さは浅草東署よりワンフロア高いだけだから、まあ偉そうにとは思うが大したことはない。たかだかの約三メートル差だ。

見上げてもすぐに、目一杯まで首を上げなくともどんよりとした空が見えた。

張り合うつもりはないが、細かいことを言えば、築年数も今見上げるビルの方が数年は古い。

その代わり、敷地はこちらの方が倍ほどもあって、なんと古いくせに三階までのエレベータが備え付けられていた。

〈STビルヂング〉

一階の軒下と最上階の欄間に大小同じ、メッキの剝げた真鍮《しんちゅう》文字がそう読めた。

STはSHOUTOU Building の古臭い略で、つまり松濤会の所有するビルだった。

一階は三分の二くらいが駐車場になっていて、偉そうな黒塗りばかりが停まっている。

残りは、昔ながらの中華そば屋と上層階へのエントランスだ。

二階と三階には場末のスナックやコインゲーム、雀荘《ジャンそう》がひしめき合うように入り、四階と五階が実質的な松濤会の本部事務所だった。

中華そば屋もスナックも雀荘も、新築当初からあるといい、いちおう表向きは地元の堅《かた》気《ぎ》ということになっているが、松濤会の息は掛かっている。

そのくらいのことは、赴任直後に目を通した署の引き継ぎ資料にも載っていた。

付記には
〈ビックリするくらいに不味《まず》く、怖いくらいの婆《ばあ》さんばかりで、インベーダーにポーカーで、今のご時世に全台が手積み〉

とあった。

昭和の昔にはそれでもいい稼ぎになったのだろう。

今では笑うほどささやかな〈フロント企業〉、でしかないが、四階以上へのカチコミや不審者の侵入を防ぐ、門や番人の役割はあるかもしれない。

それが証拠に、エントランスからエレベーターに乗ろうとすると、営業時間にもかかわらず、中華そば屋の店主がすぐに暖簾《のれん》を分けて顔を出した。

「なんでぇ。サッカンかよ」

相手が新海とわかると、つまらなそうに顔を引っ込め、すぐにカウンターのビジネスホンに手を伸ばしていた。

間違いなく、刑事が来たと四階にご注進だろう。

赴任して三カ月もすぎれば、新任刑事の面は場末のフロント企業にまで割れていた。

他の誰より新海の場合、簡単だ。

なんと言っても、額に素敵な向こう傷がある。

三階に上がると、エレベーターホールに正面の雀荘からマスターが出ていた。

マスターは細身だが抜き身、いつも変わらずそんな印象だった。年齢はもうすぐ還暦になるはずだ。

この日は、左目のすぐ脇に大きな絆創膏が貼られていた。少し全体に腫れているだろうか。目が垂れて見えた。

それで五十そこそこにまで若く見えるとは、発見だった。

中華そば屋の電話は、こっちへの連絡だったようだ。

「なんの用ですね」

マスターは、低く抑揚のない声で聞いてきた。

どこへ、という疑問にはならない。

直接そんなことを口にすれば、間違いなく暴対法で縛られるからだ。

けれど間違いなく、マスターは四階への窓口だった。

インターホンのようなものだ。

押して、ピンポンとでも言ってくれればまだ可愛げもあるが。

「朝森《あさもり》さんにちょっと。仁義というか、スジを通しに」

朝森とは松濤会の若頭補佐、朝森良兼《りょうけん》のことだ。

三十代で組のナンバー3に伸《の》し上がった男で、そんな若さで若頭補佐は、要するにもっと若い時分から、人でなしの覚悟をした大馬鹿野郎ということだ。

「なんだぁ？　若がし――。いや、朝森さんだあ？」

マスターは目を細めた。

その冷ややかさから言っても、どこの誰が地元の堅気だか。

合っているとしても、地元、の部分だけだろう。

それだって本当に地元かどうかは知らないし、本当だとしたところで、だからなんだという話だ。

「全員出掛けてて、今誰もいませんよって言ったら？」

「四階に上がる」

「来客中で忙しいって言ったら？」

「五階まで上がる」

ちっ、マスターは少し苛立たしげに舌を鳴らした。

「のほほんとした顔でつらっとしたこと言いやがる。まったく、よくわかんねえのが〈なんでも屋〉に来たもんだ」

口調だけでなく雰囲気までが雑なものに変わった。

本性、という奴か。

マスターはそのままホールの際まで歩いた。防火扉の脇だ。

目の前にプラボックスがあり、開くとテンキーと鍵穴があった。

そこでマスターは、ポケットから鍵の束を取り出した。

暗証番号を入力し、鍵を回した。

すると防火扉の裏、内階段の上の方で金属音がした。

「ほれ。開けたぜ。勝手に行きな」

マスターは上へ顎《しゃく》を抉った。

それが松濤会本部への、外部からの入り方のようだった。

なんというか、しっかりとしたセキュリティーだ。

「どうも」

階段に足を差し、

「そうだ」

と、新海は一旦《いったん》顔をマスターに戻した。

「それ、どうしました？」

「ああ？　それってなんだよ」

「顔ですよ、顔」

新海は指で自分の左目の脇を指した。

「なんです？　誰かに殴られました？　いい歳して喧嘩ですか？」

「――なんでもねえ。転んだだけだ」

マスターは新海の視線から絆創膏を隠すように左を向いた。

右半顔だけになると、年相応の還暦に見えるから不思議だ。

「ふうん。ま、いいですけどね」

新海は捨てるように言って上を向いた。

「でも老婆心ながらで言えば、医者には行った方がいいですよ。若い頃とは違うんですから。眼底骨折、怖いと思いますけど」

特に見もせず、そんな忠告だけして四階へ向かった。

――煩《うるせ》えな。大きなお世話だぜ。

吐き捨てるザラザラとした声だけが階段を上ってきた。

(ああ。大きなお世話、ね)

世話焼き、世話好きが高じて今や刑事となり、結果的に人から、特にヤクザなどの後ろ暗い連中からよく、今のように大きなお世話だと言われる。

因果な性格と商売、などと苦笑しつつ階段を上る。

四階の扉が軋《きし》みながら勝手に開き、中から険呑《けんのん》な顔をした若い衆が顔を出した。

八

この日、新海が松濤会に顔を出す気になったのは、当直明けの中台からデスクに連絡があったからだ。

ちょうど昼で、仕出し弁当を食い始めたばかりのときだった。

――太田の会社について、調べた。

「おお。早いですね」

口ではそう言ったが、それほどとは思わない。

悪い意味ではなく、最初から高く評価しているからだ。

中台の前職は、渋谷署の生活安全課だった。中でも防犯営業第二係に所属していた。

防犯営業第二係は、質屋や古物商の営業許可を扱う係だ。

（有）プレミア・パーツ。

中古車から取り出したパーツは、太田本人が許可を受けているかは不明だが、古物だ。

間違いなく、ゴロゴロとキャスター椅子で寄ってきた中台の出番だった。

そもそも浅草東署に回ってきた面々は、お荷物だから追いやられてきたわけではない。

どちらかと言えば厄介者として、持て余されて送られてきたのだ。

ひと癖もふた癖もあるが、癖に目を瞑《つぶ》れば相当に使える人材が多かった。

「さすがだ。凄い。さすがに中台さんだ」

褒め称える。

受話器を耳と肩で挟み、手を叩いて聞かせる。

――まあよ。いや、そうでもないがね。

電話の向こうで、褒められ慣れていない男は間違いなく照れた。

部下に気持ちよく仕事をして貰うためには乗せることだと、赴任直後にいきなり耳元で町村に囁《ささや》かれた。

くすぐったかったが、真理《しんり》にして使える術《すべ》だった。
五、六千円程度だと情報を小出しにされて余禄をせびられかねないところを、褒めるとたいがいが最後まで一気だ。

――へへっ。俺を誰だと思ってんだい。

さすが中台さんだとさっき言ったから、もういいだろう。

「で、何がわかりました？」

話を先に促した。

――太田ってのは、なかなかご活躍みたいだな。ただし、こういう半グレ上がりは、点でしかわからないもんだ。だから、相当に俺の主観が交じるが、いいかい？

「どうぞ」

主観、勘は、刑事に必要不可欠な感性だ。技術と呼んでもいいかも知れない。

――太田な。たぶん半グレの頃から、窃盗団だったんじゃないかってな。

新海は特に驚きもしなかった。そんなこともあろうかと予測はしていた。

古物商いは全部が全部、全員が全員そうだと言うわけではないが、思う以上に多く故買、つまり盗品商いに通じる。

質屋や古物商の許可申請が〈防犯〉と名のつく所轄の係で取り扱われるのは、だからだ。

ということで、中台が寄ってきたとき、お誂え向きだと考えた。

結果として当たったということになり、それで六千円は安い、ということになる。

――まず第一にな、プレミア・パーツは、親父さんの頃はたしかに古物商だけじゃなく、自動車引取業登録もしていたらしい。

廃車を引き取るには五年更新の自動車引取業登録が必要で、古物商で中古車を扱う場合はそもそも、盗難車を扱う可能性が低くないことから、他の古物よりも基準が遥かに厳しい。

――太田が会社を再開して以降は、どっちも登録はない。まあ、営業品目によっちゃ、しなきゃいけないってわけじゃない。いや、登録がない以上、廃車や古物は扱ってないってことなんだろうな。

譲り受けた物や、有償で引き受けた物の売買は、古物営業に該当しない。

これは、太田に当て嵌《は》めて言えば、人からもらったパーツや、金を払うから引き取ってくれと言われたパーツを売る場合のことであり、表向きはそういう物だけを売っているということなのだろう。

「ベンツとかBMWとか、ヴェルファイアのパーツをですか？」

――まあ、そうだな。

「タダで引き取ったり、金払うからもらってくれって言われたりですか？」

――そういうことになるな。

「それを売るのが主業務で、会社として儲かってると」

――知らねえよ。怪しいけどな。表向きの処理はそうなんだろうよ。けど、実際のところ、会社はあんまり関係ないんじゃねえかな。隠れ蓑《みの》か節税対策だろ。ギリギリちょうど、有限会社がもう作れなくなる直前の頃だ。

「なるほど」

——でな、係長。怪しすぎるんで、そっから少し潜った。そうしたら一人、窃盗で非行歴があった。

いい情報だ。

潜ったと言ったが、非行歴を引っ張れたのは気になった。

「へえ。中台さん、ど——」

——どこにってのは、聞かないでくれよ。係長のも聞かなかった。

「…………」

危ない。聞きそうだった。「ど——」の口のまま、息を吸った。

音が鳴った。

ちょっとマヌケだ。

——会社の方には名前は連ねてねえが、太田の舎弟やってる。吉岡《よしおか》って奴だ。けどよ、非行歴っても、しょうもないもんなら残らなかっただろうな。残ったのは——。

車上荒らしとそのものだ、自動車の窃盗だと中台は続けた。

盗んだ車を解体し、パーツにして売り捌《さば》く。

それがベンツやBMW、ヴェルファイアなどの高級車のパーツになり、売り込んだか

推測はあながち、的外れではなさそうだ。

——それにしても主観、憶測止まりだ。動かぬ証拠、盗難車そのものが発見出来ればだが、奴らだって馬鹿じゃないからな。会社で解体は絶対やらないし、解体場所には細心の注意を払ってる。探す気になりゃなんとかなるかもしれないが、待ちのスタイルは時間と労力がどえらく掛かるってもんだ。浅草の本署だとしたって一班や二班くらいじゃ、さて、どうだろうな。

「そうですね」

——もっとも、窃盗団も自動車みたいな大物になると、外国人のグループじゃない限り、仕事の縄張りみたいなものは、まあ、ないようである。本部とは絡みがあるだけって言っても、フロントの〈ベステアウト〉とは間違いなく繋がってるなら、外から見たらもう、そりゃグループだ。松濤会の看板は後ろ盾でもあり、縛りでもあるな。特に鬼不動組の二次ってのは、その辺がキッチリしてる。仕事はシマ内が無難って奴だ。だからその辺の狙いを定めてってのはあるが、それにしたって、係長、あれだ。

「なんでしょう」

——松濤会はもともとは浅草一帯だったものが、スカイツリーの決定からは押上までを併《へい》呑《どん》したよな。

「そのようですね」

——で、〈ベステアウト〉は葛飾の白鳥《しらとり》だっけか？

「はい」

——今やその辺までがシマなんだろう。さすがに広すぎだ。それだって解体場所の探索と一緒で、本署の一班や二班が出てきたところでどうなるもんでもない。

「ですかね」

——だよ。ま、てな具合で、今回はここまでだ。

「了解です。助かりました」

六千円の電話と五百円の昼飯は、ほぼ同時に終わった。

「んじゃ」

弁当の片付けを済ませた後、すぐに新海は動き出した。

「どこ行くの？」

奥から勅使河原が聞いてきた。

一人で将棋盤を前にしていた。昼食後恒例の詰め将棋だ。

頭の腹ごなし、と本人はわかったようなわからないようなことを言う。

「腹ごなしの腹ごなしに。ちょっと美味い緑茶を飲んできます」

それで勅使河原にはというか、署内では通じる。

それにしても、

「あ、そう。気をつけて」

としか言われなかった。

松濤会に関することは日常業務。

浅草東署は、そういう署だった。

中台はなかなか働いてくれたが、疑問はまだまだ多かった。かえって深まった感じだ。

そのままにしておくのは気持ちが悪かった。

動けばなにかが浮いてくるかもしれない。

それで、署から百メートル弱、移動した。本当に、お使いのような距離だ。


松濤会の朝森という男は、何も見えない濁った男だった。

搔き混ぜたところでなにも見えず、浮いてもこないかもしれないが、それならそれで、往復の百メートルづつ腹ごなしの散歩と割り切るつもりだった。

それに――。

若い衆に通された応接室で、新海は五分ほど待たされた。

その間に緑茶を二杯お代わりした。

弁当にお茶はつきものだが、署内では自腹のペットボトルか急須の出涸《でが》らしになる。

松濤会は、何度訪れても金持ちな感じの嫌味なお茶が出た。上品な甘さがあり、美味かった。

茶葉に罪はない。

役得でそれを飲めるだけでも、食後にヤクザの事務所なんぞを訪れる価値は十分に見出せた。

「茶ぁ、飲みに来たのかい。ええ、係長さんよぉ」

わざと潰したような声がした。

「そうね。お茶に関しては舌が肥えてるもんで」

「へえ。五回目にして、初耳だ」

「うん。人生で初めて言いました」

「――けっ。馬鹿に付き合ってる暇はねえんだけどな」

応接テーブルを挟んで新海とは真向かいのソファに、ドッカリと音高く座る男があった。

やけにテラテラした銀のスーツの固太り。

似合っていない。

真四角な顔を長方形に見せるだけのＧＩカット。

似合っていない。

そのくせ、笑わない目、こめかみにいつも浮き上がった血管、馬鹿デカい拳の拳ダコに、ヤクザの迫力が黙っていても滲み出る。

それが松濤会の若頭補佐、朝森良兼という男だった。

肩書こそ若頭補佐だが、実質的に組の運営を任されている。

「〈なんでも屋〉と違って、こっちぁ忙しいんだ。用件はなんだい？」

新海はまず、緑茶を飲み干した。

間を計る。

「太田京次のことなんですが」

聞こえないはずはないが、少し間があった。気配も揺れたか。

「なんだって？」

「あれ？　太田ですよ。プレミア・パーツの社長の」

「ああ。プレミア。あの社長ね。太田なんてぇからわからなかったぜ」

「名前じゃ覚えてないと」

「ああ。覚えてないね。社長とは覚えてるが、社長ったって結局は若造じゃねえか。名前まで覚える義理はねえや」

若い衆がまた入ってきた。

朝森の前に茶を置こうとする。

「要らねえ。係長さんにくれてやれ」

朝森は身を乗り出した。

「くれてやるから、飲んだら帰れや」

「帰りますよ。話が終わったら」

目の前に置かれた四杯目を、新海は遠慮しなかった。

「なら、とっとと済ませようや。で、係長さんよ。プレミアの社長がなんだって？」

「行方不明なんですよ。携帯も繋がらなくて。どこにいるか知りませんか」

「ふん」

朝森はまたソファに身体を沈めた。

「知らねえな。それだけかい」

「なんだ。冷たいですね」

「冷てえもなにも、名前も覚えてねえ若造のことを、なんで俺が知ってるってんだ」

「お仲間、でしょうに」

朝森は鼻で笑った。

両手を広げた。

「俺の仲間ぁ、全員ここにいるよ。外であくせくするなぁ、全部道具だ。ああ、別にあの社長のことを言ってるわけじゃねえぜ。これは俺の、一般論ってやつだ」

少し腹が立った。血の巡りが早くなる。

手の湯飲みも熱を肘から腕、肩へと上らせる。

その分、額の向こう傷が冷静だった。

傷から奥、頭の芯まで冴え冴えとした感覚だ。

「なるほど。じゃあ、太田さんのこと、本気で掛からせてもらいますか」

「いいんじゃね。どうぞご勝手にってな」

「なにが出てきても知りませんよ」

なにも出やしねぇよ、と朝森は歯を剝いて笑った。

「なんたって、そもそもが繋がってねえからな」

「へえ。自信たっぷりだ」

「ま、なきゃ言わねえよな」

〈ベステアウト〉とプレミア・パーツの関係はクリアなのだろう。

「いつでも切れるってことですかね」

「さぁてね。でもよ、係長さん。あいつの商売は知ってんだろ」

「知ったから来たんですけど」

この辺は駆け引きだ。

朝森は何をどこまで言っているか。

自分は何をどこまで、躱《かわ》しているか。

「なら、わからねぇかい？　あいつんとこのやってることたぁ、危ねぇんだ。そんな危ねぇのと深く繋がるなぁ」

朝森は、血管の浮いたこめかみを指で叩いた。

「ここが足りねえ、頭の悪い奴だ」

「なるほど。頭の悪い奴、ね」

瀬川が新海の脳裏でピースをするが、振り捨てる。

「まあ、茶飲みだけじゃなく、太田に関する、仁義って言うんですかね。その辺をキッチリしとこうと思ってきたのもありまして」

「ほう。サツカンにしちゃ、いい心掛けじゃね――」

「という口実で、このお茶を飲みに来ただけですが」

最後まで聞かなかった。

ヤクザのご託など聞いてもいられない。

新海も忙しくはないが、暇でもない。

なにより、状況は面倒臭く複雑になり、翌日からの成田の祇園祭に太田が間に合わないことを、瀬川はどうとでもなるが、静香にどう説明したものかと考えると少し恐ろしい。

朝森の顔が赤くなった気がしたが、気にしない。

静香の文句の方が百倍も気になる。

新海は茶を飲み干し、立ち上がった。

「お邪魔しました」

外に出るまで、特に邪魔は入らなかった。

出て曇天を睨んだ。

「頭が悪い、か。どっちがかね」

新海の口元にかすかな笑みが浮かんだ。

ただ知らねえ関係ねえの一点張りも、新海から言わせれば頭はよくない。

四神明王会直系で関東最大の暴力団、鬼不動組の二次だという高い序列を新海は侮りはしない。

むしろ、なによりも重く見ている。

しかも朝森は、実質的な組の運営を任されている男だ。名前も覚えられないような奴の出入りを許しているとは思えない。

何かがある。

何かがあったから、空《そら》っ惚《とぼ》けている。

署に戻るべく足を振り出す。

「ありゃりゃりゃ」

お天気お姉さんが、夕方にはと言っていたが――。

パラつく程度の小雨だとも言っていたが――。

新海の身体を叩く大粒の雨が降り出したのは、帰路についてわずかに、七歩目のことだった。

九

翌日、七夕の朝から新海は本気だった。

在署の三係員を集め、まず例の、太田に関するデータを配った。

本気と言っても今のところ、署の案件でも管轄でもない。だから所轄の係長としての本気、ではなく、新海悟個人としての本気だ。

なので、

「いいか野郎どもっ」

と号令を掛けられないところが、どうにもフニャッとくる感じがないではない。

「ええっと。例によって報奨金制度ですが、乗ります?」

始まりはいつもこんな感じで、体裁は号令ではなく、依頼だ。

気に掛かることがあると、新海は部下に〈依頼〉するのが恒例だった。

ただし個人的な本気だから説明は曖昧なままになる。

特に今回は、内容に瀬川一家が関わるからさらに遠回しなものになった。

それにしても部下達は毎度のことなので慣れたもので、聞き方はそれぞれに適当だ。横手幸一《よこてこういち》巡査部長・五十一歳、新井雄一《あらいゆういち》巡査・四十一歳、それに、メモを取っている感じでおそらく漫画を描いているだけの蜂谷洋子《はちやようこ》が、みんな聞いているやら、いないやら。星川健吉《ほしかわけんきち》巡査部長・五十六歳などは特に聞く気もないようで、奥で課長の将棋の相手だった。

他に三係には富田信也《とみたしんや》巡査部長・三十六歳と太刀川風太《たちかわふうた》巡査・二十五歳がいるが、二係の四人と一緒に、今度は浅草署からの応援要請があって不在だった。

目を光らせて新海の説明を聞いているのは、すでに一度動いてもらった中台だけだ。

そのときのようにご指名で個人を動かすときは交渉次第だが、係全体を動かす報奨金制度のときは、五百円から始まり最高限度額で三千円を設定している。

五百円は聞きようによってはみみっちいが、説明と依頼をした瞬間にも挙がる手があれば、その段階で五百円が確定なのだからもらう方には丸儲け感があるだろう、と勝手に決めている。

上限が三千円なのは簡単な理屈で、あまりに多いとたまったものではないからだ。

世の中的に言えば警察官の俸給は決して少なくはないと思うが、給料袋でもらったとしても立つほどではない。

物理的には、ペラッペラに薄い。

「ということで、以上が内容と目的です」

新海はスマホを操作しながら言った。部下に告げた内容をそのまま、変化しないうちに不在の富田と太刀川に送るためだ。

こういうところの公平性が割と人気だと、町村が始めた署内アンケートの新海の結果に出ているらしい。

逆に言えば、そこを気をつけよう。

太田と舎弟達のデータも添付し、送信してスマホを仕舞う。

「なにか、質問は？」

特にはなさそうだった。蜂谷洋子はまだ漫画を描いていた。

まあ、たいがい一方的に話すだけで、聞かれたことはない。

「じゃ、解散ということで」

中台がまず立ち上がり、

「へへっ。目指せK点ってかぁ」

と騒いで大部屋を出ていった。

ちなみにK点とは大台ということで、本人的には一万円のことらしい。

今回はすでに、中台は六千円を手に入れている。あと少なくとも二つだ。

ぜひ頑張ってほしいものだ。

「さぁて」

横手が立ち、大きく伸びをしながら新井も立った。

スマホが振動したのはそのときだ。

太刀川からだった。

スピーカーにしてデスクに置いた。

横手と新井は聞いていた。

蜂谷はいいところなのか、まだ漫画を描いていた。

――あのぉ。係長ぉ。今、いいっすかぁ。

牛が鳴くような声音がデスクから上がった。

実際にデカくてのんびりとして、太刀川とはそういう男だった。

大男、総身に知恵が回りかね、などという嘲《あざけ》りもあるが、どうしてどうして、太刀川は出来る男だ。

ただ、人より少しばかり時間は掛かった。

「いいよ。何？」

――あのぉ、資料とデータぁ、見たんですけどぉ。

「うん」

──資料の中のぉ、関係者の名前なんですけどぉ。

「はいはい」

横手は黙って聞いていたが、新井は少し動き始めていた。会話の流れに苛ついているようだった。

──竹下《たけした》ってあるじゃないですかぁ。竹下国夫《くにお》。日本国の国にぃ、夫の国夫ですがぁ。

すぐに新海の目が光った。新井の貧乏揺すりのような動きも止まる。

竹下国夫はプレミア・パーツを再開したときのメンバーで、今も唯一残る男の名前だった。

プレミア・パーツは現在、太田・竹下・吉岡で全部だ。

そしてその全員と、今現在連絡がつかないと瀬川は言っていた。

「あるね。わかる。で、その竹下がどうしたって」

──今ぁ、応援要請で、俺達がやらされてるのがぁ、例の墨堤のヤマの地取りなんですぅ。

「おや？　向島署の？　なんでまた」

墨堤のヤマ、つまり新海も初動捜査で臨場した殺しのことだろう。

地取りは、現場周辺での聞き取り捜査のことだ。

──あまりに情報が少ないんでぇ、エリアを広げることにしたんですよぉ。で、拡大エリアにぃ浅草署の分担もあってぇ。

「あ、わかった。孫請け仕事ね」

　捜査本部の方針で聞き込みの範囲が広げられ、浅草署の管轄も入った。それで捜査本部から浅草署の刑事課に下請けの動員が掛かり、面倒臭がった浅草署が孫請けで浅草東署に振ったと、そういう、よくある話らしい。

――そうなんですよぉ。で、修正掛けた顔写真を持たされてんですけどぉ。それがぁ、さっき係長が送ってきたぁ、竹下の写真がぁ、よく似てんですぅ。

「なるほどね」

　しばらく間があった。

　新海は横手と顔を見合わせた。

「えええっ！」

　太刀川のテンポを待ち切れず、出掛けようとしていた新井は少し遅れた。

――どうしますかねぇ。

　と太刀川は聞いてきたが、新海は聞いていなかった。

　というか、誰も聞いていなかった。

　情報をどう生かすか。

　いや、まずは確認するのが先だろう。

　東署からのそんな情報を、本署である浅草署に上げたところで、すぐに自分達で動くとは思えない。

絶対、先に確認しろ、してからもう一回、上げていいという、要請以上迷惑未満のようなお達しが出るはずだ。

まあ、そんな流れはわかっているから、先回りで対処は早い。

横手や新井と、すぐに役割及び分担を決めようという話になった。

——どうしますかねぇ。

「うわっ」

新海は思わず仰《の》け反った。

携帯がまだ繋がっていた。

太刀川が長いこと、平然と待っていた。

「ああ、ゴメンゴメン。こっちで処理する。そっちは適当にやっといて。のらりくらりでいい」

——了解ぁい。

「ああ。太刀川」

——はぁい。

「三千円だ」

——やったぁ。

その間に気が付けば、蜂谷洋子の姿がなかった。

紙が一枚置かれていた。

〈鑑取り行きます。報酬、ゲット〉

鑑取りは、被疑者や被害者の人間関係の聞き込み捜査のことだ。

「うわっ。くそ、あのアマ。こういうとき早《はえ》え」

新井がバタバタと大部屋から駆け出した。蜂谷を追うのだろう。

新井は元、本庁捜一にもいた叩き上げの刑事で、優秀だが、ちょっとしたことでも手も足も出る短気で性急で、それで浅草東に回ってきた男だ。

同時に、どうしようもなく負けん気も強いらしく、当時の捜一課長と捜査方針で揉め、殴ったという。

「ま、二人も行ったんなら、今さら私が行ってもね。じゃ、係長じゃないけど、私は珈琲《コーヒー》でも飲んでこようかな」

そんなことを嘯いて、横手は大部屋を出ていった。

横手は所轄の生安で、主に少年犯罪を扱って渡り歩いた男だった。エキスパートらしい。

最後は本庁の組対に引き上げられたらしいが、そこでショートしたという。

新海は係の部下全員を紹介された後、署長の町村から、

「親身になる人だったらしいねえ。ガキらがグレるには、それなりに理由があるってね。

で、横手さんを慕う奴は多かったらしいよ。たとえ、その道に落っこっちゃったとしても、その後もね」

と聞いていた。

――署長。私が相手にしてたガキらは、たいがいもう遅かったです。まあ、少年犯罪ですから、そんな仕事って言うか、因果な商売って言うかね。でもね、いつも、こいつはそんなに悪い奴なのかな、どこかで誰かが、もう少し早いうちに手を差し伸べときゃあってね。思うんですよ。残念だなって、思っちまうんですねえ。

などとも町村には話したようだ。

その横手の経歴に、とあるとき本庁の組対が目をつけた。ガキの頃から横手に世話になり、その後ヤクザの、特に下っ端になった連中を取り込むために。

異動に文句はつけられない。

そこで横手は、自分からショートしたらしい。

停止したのだ。

昼行灯《ひるあんどん》。

結果、横手はなんの成果も残さないまま、本庁組対から浅草東署に送られた男だった。

だから横手は、珈琲を飲む。

新海は聞いたことがあった。

横手はもともと珈琲が好きで、

「更生したら、サテンでもやれよ。俺は、サテンで飲む珈琲が大好きでよ」

などと、よく子供らにそんなことを話したらしい。

結局、そのまま半グレやヤクザになった連中ばっかりでと横手は嘆く。

だが、本当に喫茶店のマスターになった奴も、都内だけでも十人はいてね、と嬉しそうにも笑った。

横手にとって珈琲を飲みに行くとは、そういうことだ。

新海は、誰もいなくなった三係のデスクを見渡した。

十人十色。

これはなにも、三係だけに限ったことではない。

刑事生活安全組織犯罪対策課に限ったことでもない。

警務課にはなんとSAT崩れがいて電卓を叩いているなどという、珍妙な噂がまことしやかに囁かれたりもする。

火のないところになんとやらだ。

新海も興味がないこともないが、なんにしても署長の町村を筆頭に、浅草東署という所轄は滅法《めっぽう》面白い。

——王手。

奥から星川の声が聞こえた。

「ぐわっ」

見れば、勅使河原が大げさに頭を抱えていた。

珍しいことだが、ないことではない。

「おっ」

新海は手を打った。

そういえば今日は、七夕だった。

十

——係長。私は今、三鷹《みたか》にある喫茶店なんだけどね。

横手からデスクの新海に電話が掛かってきたのは、二日後の午後イチだった。

来週には梅雨明けだとお天気お姉さんが満面の笑みで言っていたが、本当かよと疑いたくなるくらい土砂降りの一日だ。

——こっちのマスターにね、係長にもらった、例の太田以下の写真を見せたんだ。二、三人に見覚えがあるってことだった。なんていうかね、当たりは当たりなんだが。

少し語尾が渋かった。

「なにか困った感じですか？」

――いや。そうじゃないんだ。その、マスターが言うには、奥さんの知り合いだっていうんだな。私がいる喫茶店は、そういう若夫婦がやってる店でね。

「ああ。なるほど」

半グレ夫婦の喫茶店。

どんな珈琲を淹《い》れてくれるのか、新海も若干の興味を覚えた。

――夫婦で渋ったけどね。そりゃそうだろうが、竹下が死んだみたいだって教えたら、ようやく話してくれたよ。ただもう、お子さんもいてね。どこの誰兵衛かなんてのだけは係長、勘弁してくれ。いいね。それが話の条件だったんだ。

「了解」

たいがいの捜査員が情報源を持つ。

中には、人に言えない立場や境遇の者もいる。

新海にとっては、瀬川が近い。

――ああ。もちろん、奥さん自身が関わってたってことじゃないよ。当時は旦那以上の、相当なワルだったけどね。その頃の償いは終えてる。まあ話してはくれたが、だから本人に取っちゃ、もう昔話っていう感覚なんだろうね。プレミア・パーツから買ったことがあるらしいよ。注文を出したことも。マジェスタの純正ホイールだってさ。なんか羨《うらや》ましいね。私は、乗ったこともない。

横手の話は、そんな辺りから始まった。

太田がプレミア・パーツを再開したのは、古いが売れそうなパーツがそれなりの数、倉庫に眠っていたからだという。実際、捌けば結構な金になったらしい。仲間と手分けして、どんどん捌いたようだが、すぐにパーツは底をついた。仕入れがないのだから当たり前だ。と、ここまでは真っ当な商売だ。

古物でも故買でもない。言えば、遺産の切り売りなのだ。

在庫の切れ目は縁の切れ目であり、擦り寄ってきていた大半の連中が離れていったようだ。

残ったのは竹下と後輩だけだった。

ここで太田の頭は、稼いだ金を元手に心機一転、真っ当なパーツ屋として父の残した会社を再開する、という方には向かなかった。たしかに手続きや許可申請は、十代の半グレには複雑にして面倒だったに違いない。

それで手っ取り早く、自動車の窃盗に手を出したということだろう。

そのまま売るためではない。解体して部品を取り出し、ジャンクパーツとして売るためだ。

プレミア・パーツにはすでに半グレのネットワークに、在庫のパーツを売ったルートが出来ていた。

この自動車窃盗団を太田に唆《そそのか》したのが、どうやら竹下だということだった。口だけで度胸のない、小ネズミのような男。

それが竹下に対する、横手の情報源の印象だったようだ。

窃盗団はリスクが高い。当然、扱うパーツの単価に跳ね返る。

車種は高級車に限定されるようになり、すぐに半グレのネットワークだけではパーツがダブつくようになったらしい。

そこで太田はというか、竹下が同じ浅草で見つけた販路が、〈ベステアウト〉という中古車販売会社だった。

――いい情報だろ？　いくらだい？

横手の話は、そこまでで終わりのようだった。

「うん。三千円。悪いけど」

逆に良過ぎて気が引けたが、制度は、例外や特例を作ると必ず破綻する。

――十分だよ。ここまでの交通費を差し引いても、十杯チケットが買ってやれる。

じゃあ、と言って横手は電話を切った。

「珈琲の十杯チケットか。三千円を良しとする関係ね」

呟き、新海は窓の外に目をやった。

「足るを知る、だ。太田、焼きそばもパーツ売りも、目一杯は腹を壊すのかもな」

叩く雨に窓が激しく、震えるように鳴いていた。

この日はその後、夕方までに何本かの連絡が入った。

午後三時には蜂谷から竹下に関する鑑取りもメールで入る。

竹下の住居は、池袋にあった。

一番近い駅と言えば、都電荒川線の東池袋四丁目になる。捜査本部が墨堤周辺から地取りのエリアを広げても、早々に辿り着く場所ではない。

と言うことは、太田や松濤会との繋がりまでは果てしなく遠いということだ。

向島署に本庁捜一まで入った立派な捜査本部があるにも拘らず、墨堤殺人事件のアドバンテージは今や〈なんでも屋〉、浅草東署刑事生活安全組織犯罪対策課三係にあるようだ。

微妙に誇らしく、なんとなく笑えた。

蜂谷からの報告は、竹下が住んでいたアパートの、真上に住む若い女性からの聞き込みだった。

特には、目新しい情報はなかった。前々日の、左隣に住む老夫婦の話でたいがいのことはわかっていた。

竹下の出身は静岡で、中学時代から悪かったようだ。都内私大系列の定時制高校に滑り込んで上京し、以来同じ場所に住んでいたらしい。悪い仲間は東京でも集まるようで、老夫婦に写真を見せた結果、太田を始めとする四、五人が夜な夜なバイクで集まり、エラく迷惑したという。

と、この情報に対する報奨金が二千円。

昨日は真下に住む男性からの聞き込みの報告があったが、特に大きな物音や人が争う音などが聞こえたことはないという証言だけで八百円。

これでも奮発だ。

この日の、

〈特に知らない。見たこともない。あたし、ここに越してきたの先週だし、蕎麦《そば》とか配らないし〉

は、上階の女性と竹下に関係がなさそうだということは取り敢えずわかるとして、最低報酬の五百円。

セルゲイ・ブブカの世界記録ではないが、こういう情報を蜂谷はよく小出しにしてくる。

だから新海としても、報奨額は抜け目なく対応させている。

ちなみに言えば、竹下の部屋は二階の右角だ。

右隣や下の下に部屋は最初からなく、上の上あるいは左隣の隣、からの話は、内容がなければ無視する。

蜂谷に支払う金額は締めて、三千三百円だった。

それから一時間ほどで、今度は向島署の捜査本部からの連絡があった。

広げた地取りにこれといった成果のないことの現状報告だけだ。

前日にも、同じ報告が同じような時間に太刀川からあった。

この日は太刀川ではなく、富田からだった。

譲り合いの精神か。まあ、どっちでもいいが、捜査本部が捜査状況を把握するために依頼した側面もあるので、何もなくとも五百円の最低報酬は付ける。

ということで、太刀川が今のところ合計で三千五百円、富田が五百円だ。

情報は簡単にまとめ、その都度部下全員で共有するＬＩＮＥのグループに送る。この捜査本部の状況も送る。

報奨金制度は、金額がささやかだ。だからせめて動きがかぶらないように、あるいは危険がないように、努めて留意するのは金主の役目というものだ。

やがて五時半を回った頃、この日の最後に新井が上げてきた報告、それがまた三千円だった。

――蜂谷に先越されたからよ、仕方ねえから白鳥の〈ベステアウト〉、張ってみた。フロントだってのは知ってるが、それにしても社業そっちのけって感じで慌ただしくてよ。それとなく選んだ若いのを行確してみた。浅草界隈で、ずいぶんな数の半グレ連中と接触してたな。

〈プレミア・パーツの連中の居所知らねえか。とにかく、太田を見かけたら教えろ。悪いようにはしねえ〉

と、声を掛け回っていたらしい。

――他にも七、八人は〈ベステアウト〉で動いてんじゃねえかな。こっちからすりゃ、いい感じだわな。係長が触った以上、松濤会本部がワタワタするのはねえと思ってよ。いや、してたかも知れねえが、この後は外に振ると思ってよ。そんな鎌を掛けるつもりもあって、係長も直に触ったんだろ。

さすがにいい読みだ。

たしかにそんなつもりもあって、新海は触った。

――間違いなく、松濤会も連中の行方を捜してるってことだわな。

「三千円」

――ま、だよな。当然だ。

「あれ。不満そうですね」

――取り決めだ。不満じゃねえが、割がな。蜂谷のアマ、例によってチマチマ小出しなんかして、もう三千円くれぇいってんじゃねえのかい？

「おお」

これもいい読みだ。今日の新井は冴えている。

――明日、もう少し探るよ。せめて蜂谷は越さねえとな。

それで、新井は電話を切った。

新海は今の内容をＬＩＮＥのグループに簡単に送り、別にお疲れ様、と打ってスマホをしまった。

一息つく。

この日は締めて、七千円の出費になった。

少し痛い。前日までのも合わせればなんと、もう一万九千三百円だ。

しかも、これでもう終わりかと思えば、おそらくそうではないだろう。

まだ少し情報が足りない。

底が見えない。

「うん。決めた」

まとめて瀬川に請求してしまおう。自分で手を出した案件ではない。

そもそもは瀬川からの依頼なのだから。

おそらく瀬川なら、

「手前ぇ。新海。人の金だと思いやがって。いい加減にしろってんだぜ、この野郎！」

くらいのことは言いそうな気がするが、気にしない。

全然、気にもならない。

そのくらいの年月、瀬川と付き合ってきた自負はあった。

窓から差す夕陽に目を細める。

（ん？　夕陽？）

気がつかなかったが、大部屋中が綺麗な茜色に染まっていた。

いつの間にか、雨が上がったようだった。

十一

翌日になって、音沙汰がなかった中台から連絡が入った。

――故買屋を何人か当たってみた。〈ベステアウト〉に近そうなとこだ。なんか、トラブルがあったようだな。買い取りが今、ちょっと渋いらしい。

「渋い、ですか」

――そう。だけどな、金のあるなしじゃないようだから、ただ渋いと言うか、慎重って言った方が正確だろう。故買絡みが言うのもおかしな話だが、出所が真っ当な品物しか、

〈ベステアウト〉は今、入れないってよ。フロントのくせしやがって、今だけ切り取ればまったく堅気の商売同然だってな、ま、故買屋辺りは、嘆くわな。

「なるほど。で、いつもさすがの中台さんは、そんな様子から何を読みます？」

――へっへっ。これはロハだろ。係長の読みはどうだい？

返された。

「そうですね。まあ、危ない商品。商売柄から言えば、太田がやばい筋の車を盗んだって辺りですかね」

――おお。やるねえ。係長も、伊達に係長じゃないな。

中台に褒められた。

まあ、悪い気はしないが、特別いい気もしない。

中台が、報奨金をくれたりするわけでもない。

――係長、中《あた》らずとも遠からず。俺もそんなとこだ。〈ベステアウト〉の連中が必死になって捜してるってことは、それが相手にバレたとか。そう、昔も今も、こういうときは変わらないだろう。落とし前だろうな。揉めてるのは〈ベステアウト〉か、松濤会か。と、ここまでだ。へへっ。三千円だよな。

「そうですね」

――よっしゃ。九千円。

中台は上機嫌で通話を終えた。

すぐに新海は、ＬＩＮＥのグループに情報を上げた。

その後、それから一時間のうちに、蜂谷から竹下のアパート周辺の鑑取りが三回入った。

二回を無視し、三回目に合わせて七百円。

捜査本部からの富田に五百円。

新井からも報告が入った。

――昨日、〈ベステアウト〉の連中が接触してた半グレ連中に片っ端から確認してみた。

「え？」

触られた連中にすぐ触るのは、基本としては有り得ない。

下手をすれば、調べているという事実が逆流するからだ。

――わかってる。けど、どうしても気になってよ。こりゃあ、俺の勘だ。捜一の、強行犯にいた刑事としてのよ。

本庁捜一、第二強行犯捜査に新井はいた。殺人犯捜査係だ。

――〈ベステアウト〉の連中、プレミア・パーツの連中って言いながらよ、太田の名前しか口にしなかった気がしてよ。それで気になった。確認したが、その通りだったよ。

「なるほど」

興味深かった。

それ以上に、心底が引き締まる。

新井の言いたいことは、なんとなくわかった。

――口にも出されねえ竹下は墨堤に浮かんだ。じゃあ吉岡はってのをよ、考えるのは俺だけじゃねえよな。

「そうですね。言い読み、いい情報だと思います」

――へへっ。これで蜂谷を抜いたかな。

「金額で抜いても、気は抜かないでくださいね」

三千円、と新海は評価した。

電話を切り、椅子に深く身を沈めた。

お好み焼きと大判焼き、それぞれ百枚に消費税。

気軽く受けた田舎ヤクザの依頼から、割に合わない深みに嵌った感じ、ではあった。

それでも、捨て置きには出来ないのは新海の職分でもあり、大いに性分でもある。

頭の中で労働と対価に折り合いをつけようとしてそのまま動かずにいると、

「ほい」

と近場から差し出される手があった。

星川だった。

「情報ですよ」

「――はあ?」

驚くことに、聞けばその手に乗せるべき報奨金は、なんとマックスの三千円だった。

星川はちょうど勅使河原課長との、将棋盤を挟んだ激戦の合間だったようだが、たしかに携帯電話が途中で一回鳴ったのは聞いた。

「揉めてるのは、松濤会ですね。怒鳴り込んできたのがいるらしいですよ。車はどこだ。盗《と》った奴出せって」

急に言われると、さすがに一瞬わからなかった。

「――あれ」

「対応したのは朝森一人だってことで、どこのどいつだかはわからない、とね。そんなことを、私の馴染みから、今ね」

「――はあ」

「係長も覚えておくといい。組から組にもね、入れてるエスがいたりするもんです。どこにでも、いるもんです」

「えっ。――あっ」

さすがに思い出して新海は驚いた。

星川はその昔、池袋署刑事課の暴力犯係にいて、志村《しむら》組の担当刑事だった。

志村組は、松濤会どころではない。同じ鬼不動組の二次組織だが、二次は二次でも、二次の筆頭だった。

つまり、関東ナンバー2の団体ということでもある。

その昔、志村組の本部に、敵対していたコリアン・マフィアの鉄砲玉がカチ込む事態が起こった。二十五年は前のことだ。組長が撃たれでもしたら、血で血を洗う大抗争になるのは間違いなかったという。

池袋から新大久保界隈には、下手をしたら一般人まで巻き込み、血の雨が降る結果になっただろうと新海は聞いていた。

このとき鉄砲玉の前に身体を張り、その後の大抗争を未然に防いだのが星川だった。〈警官の中のヤクザ、ヤクザ以上のヤクザ〉と、星川にはそんな異名で呼ばれた頃もあったようだ。

鉄砲玉の銃弾を二発受けてもひるむことがなかったというのは、今でも組対の中に語り継がれているらしい。

それ以上に、警察病院に入院中の星川の元を志村組組長・志村善次郎《ぜんじろう》が直々に訪れ、頭を下げたというのは都市伝説をも超える、驚くべき現実だ。

一時は警視総監賞も内定したが、これはいつの間にか立ち消えになったという。

なぜそんな場所にいたのか、ということが最後まで問題になったようだ。

星川はたまたまの巡邏を強調したらしいが、

うだ。

「癒着ではないのか」

と繰り返される疑問に、最後には、

「そんなにくれたくねぇなら、好きにすりゃいいじゃねえか」

と吐き捨てたきり、口をつぐんだという。

このときは星川に対するやっかみも妬《ねた》みも、あるいは所轄間の摩擦も、色々とあったよ

うだ。

いずれにしてもこの問題は有耶無耶なままいつまでも尾を引き、結果、星川は浅草東署

で好々爺《こうこうや》然として渋茶を啜り、課長と下手な将棋を打つ。

新海は取っ払いの三千円を、その場で星川に渡した。

「星川さん。組から組のエスって、その」

星川は出涸らしの茶を自分の湯飲みに注ぎ、

「あいーん」

と笑顔で呟いて、熱戦の将棋盤に戻った。

情報としての確度は、この

「あいーん」

で決定したといってよかった。

どこかの誰かには似ても似つかないが、どこかの何かは如実に表していた。

星川健吉、恐るべし。

新海は目を閉じ、椅子の背を揺らしながら暫時考え、おもむろに立ち上がって署から出た。

「ふむ」

梅雨休みというか、この日は朝から雨が降ることはなかったが、雲は上空を去ることなく厚く、全体に空気は湿気って重かった。

「さてさて」

新海は肩を回しながら歩き出した。少し、凝っているようだった。

はぐれ者の部下達は相変わらず優秀で、大小、計二万九千五百円もの情報を集めてきた。

それら情報はピースとして〈太田の失踪〉に関する脳内の額縁を埋めるが、どうにも散らばってまとまりに欠けた。

全体像は、まだ浮かびようもなかった。

大通りをぶらつき、新海は足を止めた。

STビルヂングの前だった。

「やっぱり、ここなんだよなあ」

思考はまとまらないが、松濤会が絡んでいるということだけは間違いなかった。

自動車の窃盗を生業とする太田が、どうやらやばい筋の車を盗んだ。

どの筋かは判然としないが、やばい筋だからこそ、盗まれた場所から窃盗団に当たりをつけることもできるだろう。

そこから〈ベステアウト〉に辿り着けば、松濤会までは一本道だ。

そうして星川の言うように、車はどこだと怒鳴り込んだに違いない。

雀荘のマスターのでかい絆創膏が、そのときの三階でのいざこざを物語る。

ただし──。

(それにしても、なんだよなあ)

一本道で辿り着いたとして、いきなりゲート番のマスターを殴りつけ、松濤会本部に怒鳴り込んでナンバー3に噛み付くなら、力関係で対等以上の組織、あるいはグループ、または個人ということになる。

そうでなければ、ただの馬鹿だ。

脳裏でまた、瀬川藤太がVサインを出すが振り捨てる。

なんにしても、松濤会と対等以上というのが面倒臭い。

にも拘らず、太田の所在は不明のまま、ピースはまだまるで足りない。

やばい筋は、どの筋。

竹下の死は、何に繋がる。

そんなことをSTビルヂングを見上げながら考えていると、

「おい」

鉄の鈴を振るような硬い声がすぐ近くでした。

振り返ると、地味なグレーのスーツに地味なビジネスバッグを持った、ごく地味なサラリーマン風の男が二人、歩道の際に立っていた。

一人が携帯の通話中で、銀縁眼鏡のもう一人がそれが終わるのを待っている、そんな様子だった。

銀縁眼鏡は三十代後半のようだったが、通話中の方は見る限り新海と同じくらいだろうか。

鉄の鈴を振ったのは、間違いなくその待っている方の眼鏡の男だった。

顔はもう一人の電話を待つ風情でそちらに向けられていたが、目だけは冷ややかに新海を映していた。

「どちらさん」

聞いてみたが、答えはなかった。

新海は顎を撫で、目を細めた。

「ふうん」

二人が醸し出す全体的な雰囲気に、なんとなく覚えがあった。

ヤクザではない。

むやみに暴力的なところも、有無を言わせぬ威圧感もない。

むしろ対極と言っていいほど無色透明、無味無臭を思わせて、それが逆に底の知れない怖さを感じさせる。

そんな男達が、警視庁のとある部署にはいた。

「もしかして、あっち系？　公共の安寧を図るとか」

公共の安寧。公安、あっち系、それ系。

直接の答えはなかったが、銀縁眼鏡が薄く笑い、もう一人がおそらく中身も相手もない通話を終え、真っ直ぐに見てきた。

こちらの方が銀縁眼鏡より、ひと回り以上身体が大きいようだった。

角刈りが、居丈高な風貌によく似合っている。

新海が口を開き掛けたが、銀縁眼鏡の方が早かった。

「手を引け。所轄の事案ではない」

「えっ」

「手を引け。特に〈なんでも屋〉の出番などない」

「ああっと。すいません。よくわかりませんが」

「手を引け。邪魔だ。――忠告はした」

眼鏡が踵を返して靴音を立てた。

角刈りが続いた。

新海は見送り、見えなくなってから額に手をやった。

そこだけがおそらく、いつも通り、何があっても、冷静だった。

つまり、他は全開に滾《たぎ》っているということでもある。

新海は基本、氷のような男ではない。

むしろ感情という面では豊かだ、と思っている。

気は長い方ではないという自覚もある。

世話焼きは基本、感情の奔出にして性格の顕現だ。

「所轄の事案ではない、か」

なので、超高層ビルの屋上から真下を見下ろすような、銀縁眼鏡の物言いには無性に腹が立った。

「〈なんでも屋〉の出番などない、ね」

向こう傷という楔《くさび》がなければ、おそらく基本的には瀬川に近い。

「邪魔だって？　いいね。上等だ」

新海は指を鳴らした。

「大いに邪魔してやろうじゃないか」

携帯を取り出し、どこかへ電話を掛ける。

――はい。なに。忙しいんだけど。

相手はすぐに出た。若い女性の声だった。

「いいから聞け。こっちも暇だから掛けてる電話じゃない。何時だと思ってる。こっちだって勤務時間だ」

受話器の向こうで長い溜息《ためいき》が聞こえた。

「なんの諦めだ、そのわかりやすい溜息は。だいたいお前は」

――はいはい。わかったから。お互い忙しい、でいいんでしょ。で、なんなの。

お兄ちゃん、と言う言葉が少し強く、宥《なだ》めるような口調で聞こえた。

相手は新海より三つ下の妹にして、兄より出来が遥かに上と評判の、新海茜だった。

茜は地方の国立大学から国家公務員一般職試験に合格し、国土交通省の都市局に勤務していた。

十二

この翌日、新海は一人で成田に向かった。瀬川に会うためだ。

依頼主への中間報告、と言うか、情報交換、そんな目的もないではない。

特には、署の誰にも言ってはこなかった。

昨日のうちに予定表には、不在とだけは書いておいた。

そうしておけば、他の捜査員がパチンコやウインズに行くのと扱いは同じだ。

何故だかは不明だが、公安が出てきた。

だからここからは新海が独自に動く。

公安の連中は、そもそもの下地を間違えている。

――所轄の事案ではない。

〈なんでも屋〉の出番などない。

その通りで、言われるまでもなく浅草東署で動いているわけではない。手透きの部下を小遣い銭程度で動かしているだけだ。

――手を引け。邪魔だ。

と、ここがただ個人的に頭に来るわけで、だから大いに邪魔をしようという気にもなる。

ただし、痩せても枯れても偉そうでも癪に触っても、相手は公安だ。

小遣い銭程度で部下を真っ向から立ち向かわせるわけにはいかない。

そんなことをしたら、一人一日一万円程度の手当ては間違いなく別に要求されるだろう。

そんな金は、全身を振っても出ない。

出せれば楽だが、一瞬だけ考え、

（無理無理無理無理）

成田へ向かう電車の中で、新海は即座にＬＩＮＥのグループに指示を入れた。

〈太田に関する報奨金制度、一旦終了〉

これで全員にわかるはずだ。

途中で解決したり、結果としての肩透かしはよくあることだった。

全員既読になっても、誰からも不平不満は書き込まれなかった。

「これでよし」

三係の動きが止まれば、公安の連中は尻尾を巻いたと思うだろう。

しばらくはそれで凌げる。

「見てろよ。にゃろう」

新海は少しだけ悪戯げに笑い、流れゆく車窓に増えてゆく田畑の連なりを眺めた。

特に瀬川の予定は聞いていなかったが、この日なら比較的、人の話が耳に入る状態だとはわかっていた。

長年の付き合いだ。

成田の祇園から続く佐原の大祭までの、武州虎徹組の動きは知っている。

祇園祭は、前々日に終わっていた。

そうなると昨日は、祭りに参加した市内各地域のテキ屋の親方衆も集め、全山から参道、駅前までの掃除が恒例行事だった。

そしてこの日が屋台の解体、回り職のテキ屋の撤収日となる。のんびり解体しても半日も掛かりはしない。チビリチビリと酒をやりつつ、馴染みのテキ屋と談笑しながら作業を進める。そうして忙しかった三日間に別れを告げ、英気を養い、明日からは佐原の大祭の屋台設営に向かうのが瀬川の倣《なら》いだ。

成田に着いたのは午前十時過ぎだった。

駅前ロータリーはいたる所に水溜まりがあったが、空には雲の切れ間から差す薄陽もあった。

成田山新勝寺は関東三大不動尊のひとつでもあり、平日でも多くの参詣客で賑わう。そんな人出のゆったりとした流れを縫って、新海は参道を進んだ。

総門を潜り、常設の土産物屋の並びを突っ切れば、玉砂利の広場にいくつもの屋台骨が並んでいた。

十時三十七分。

仁王門に上がる階段下に瀬川藤太はいた。

角の一番デカい屋台骨の下だ。

使い込んだ長テーブルに肘を乗せ、ワンカップの酒を呑《の》んでいた。

「よお。新海じゃねえか」

分厚い手を上げる。

瀬川の身長は十六歳で止まったはずだった。

新海にはそのとき、漠然とだが追い付けるという確信があった。

それが、なんだかわからないが、瀬川は少年刑務所から出所した二十歳過ぎになって、もうひと伸びした。

成長痛まであったというから、なんだそりゃ、と思わざるを得ない。

今では百九十センチを超える身体は身幅も厚く、二十八歳にして貫禄は十分だ。

肩で風を切る格好で通りを歩けば、堅気のほぼ全員が道をあけるだろう。同業者も半分は間違いなく避ける。

短く刈り込んだ髪に捩《ね》じり鉢巻き。

服装はジーンズにスニーカー履きで、上半身は素肌に法被だ。

もちろん成田山外、――ではなく、成田という街から他出するときと真冬は、素肌に法被ではなく、それなりの格好にはなる。捩じり鉢巻きも、恐らく取る。

それが瀬川藤太の現在の姿だった。

「ほれ」

瀬川がワンカップを差し出した。

「サンキュー」

勤務中だ、とは言わない。

公務と私用は今回、新海の中では半々だ。

私用の心で呑むくらいでなければ、わざわざ管轄外の成田くんだりまで出向きはしない。

ひと口やる。

公私半々でも、やはり昼酒は美味い、というか効く気がした。

見計らったように、見たことのある青年が焼き鳥を運んできた。

「どうぞっス」

武州虎徹組の若い衆だ。

瀬川の組の屋台骨は最後まで調理道具を残し、撤収作業のテキ屋衆に焼き鳥や粉物を振る舞うのが習わしのようだった。

「ありがとさん」

ひと串食う。

大して美味いものでないのは相変わらずなので、コメントはない。

よく言えば、いつもの味だ。

食いながら、何人ものテキ屋がそれぞれの屋台の撤収に忙しい広場を見回す。

「あれ、瀬川。姉さんは」

新海は酒を呑んだ。

「佐原だぁな。ブツブツ言ってよ。もう行った」

瀬川は酒を大いに呑んだ。次のワンカップを開ける。

「心配は本物でよ。祭りの三日間、本当にガッツリ雨だったぜ。売り上げぁ散々だ。まあ、お前ぇに言った通りだが、こういうのの大当たりはよ、嬉しくねえやな」

開けたワンカップを即、水を飲むように空ける。

新海も呑むには呑むが、瀬川は蟒蛇《うわばみ》だ。

焼き鳥ひと串を縦に食って、瀬川は次のワンカップを開けた。

「で、なんか進展あったんか」

「そうだな。ま、色々な」

新海はチビチビと酒をやりながら、ゆっくり時系列に沿って詳細を話した。

ワンカップは一本を呑み終え、次の一本に手を伸ばす。

瀬川は黙って、他のテキ屋衆の撤収を眺めていた。

ワンカップは次の次まで進んでいた。新海が来てからでも都合五カップだ。

それでよく細かな説明を受けられるものだ、とは新海は別に思わないから好きに呑ませておく。

細かく話すのは、依頼主に対する説明責任のポーズだ。特にすべてを瀬川に理解させるつもりもない。

そんなことを強要したら間違いなく瀬川の頭はショートするだろうし、瀬川本人が黙って聞いているわけもない。

ただし、要点の摘《つま》み聞きは上手い。

「へぇ。公安様かよ」

話がサラリーマン風の二人に及んだとき、瀬川は砕けた口調でそう言った。

こういうところだ。

どこで引っ掛かるかわからないから、話をするとき気は抜けない。

瀬川は、勢いよく次のワンカップをまた開けた。

「面白そうって言いてぇが、人が死んじまってんじゃ、そう言っちゃぁ不謹慎かね。――で、新海、これからどうするって？」

「坂崎《さかざき》を使う」

新海は即答した。

「ああ、坂崎か。そうだな。それが間違いねえ」

瀬川は大きく頷いた。

坂崎。坂崎和馬《かずま》は瀬川同様、新海にとっては幼馴染みだ。

ただし、付き合いは瀬川より古く、小学校の時まで遡《さかのぼ》る。

新海の額に派手な向こう傷がついたのは、実はこの坂崎が発端であり、かといって元凶ではない。

坂崎は小学生の頃、同級生達から酷いイジメにあっていた。

無視や仲間外れと言った精神的なイジメだけではない。純粋な暴力も加わった虐待でもあった。

このとき、ただ一人坂崎を守ってイジメに立ち向かったのが、ここでも転校生の新海だった。

かくてヒーロー然として颯爽《さっそう》と登場した、はずだったが、アクシデントがあって新海は額に一生物の向こう傷を負った。

間抜けなヒーローだったが、とにかくこの一件でガス抜きされたものか、イジメはギリギリのところで収束した。

坂崎は実際、死までを考えていたようだった。

危ないところだったが、間に合った。

小学校卒業時に新海は宇都宮に引っ越すことになり遠く離れはしたが、新海は坂崎とそれ以来の付き合いだった。

もう十五年を超える。

いつかしら、腐れ縁、でもあったかもしれない。

坂崎の父・浩一《こういち》は、政権与党・新進自由党（新自党）所属の衆議院議員だった。

前年秋の総選挙で五期・十三年目に入り、時の組閣では国家公安委員会委員長・内閣府特命担当大臣（防災担当）に任命された。

通常における指揮権はないが、有事に国家非常事態宣言を発令するのは国家公安委員会で、そのときには各都道府県警察本部を直接指揮できる。

つまりは国家警察の親玉で、とても偉いのだ。

坂崎和馬は現在、父について政治の勉強中で、衆議院第二議員会館の事務室で公設第二秘書を務めていた。

こちらはただの秘書官で別に偉くもなんともないが、まあ、色々と使えた。

昔から運動音痴で喧嘩は死ぬほど弱いが、勉強頭は抜群によかった。

もともとは東大から国土交通省に入省したキャリアで、茜とは同じ職場だったこともあるなどの因縁も持つ。

「あれ、俺ぁ今年になってから坂崎に会ったっけか。新海、もしかしてあの野郎、姉ちゃんを避けてるわけじゃねえよな」

「まさか。って言うか、そもそもあいつは眼中にないみたいだし」

そう。

驚くことに、かの瀬川静香姉さんは坂崎に気があるのだ。

東大とかキャリアとか省庁とか、そういう頭のよさそうな言葉に姉さんは弱いらしい。

いかにもシャープな坂崎の容姿も相乗効果だそうだ。

姿格好より肩書が先に来るのが、静香姉さんらしいと言えばらしいか。

対して、慣れた新海でさえときに眩暈がする静香のフェロモンに、坂崎はまったくなびかない。鬱陶《うっとう》しそうに手で掻き散らしたりする。

大したものだと感心もし、この一点で新海は坂崎を認めていた。

その代わり――。

良いやら悪いやらは置くとして、坂崎は茜に好意を持っているようだった。

実は、ようだったどころではなく、あからさまだ。

昨日も新海はだから、坂崎ではなくまず茜に電話を掛けた。

――で、なんなの。お兄ちゃん。

「飯食わせてやる。仕事絡みだ。いつなら空いてる？　当然、早いに越したことはない。だから希望は週末ハナ金だ」

茜は二度目の長い溜息の中に、いいわよ、と言葉を交ぜた。

言質《げんち》を取れば、それで新海が電話を掛けた目的は達成だった。

「店その他は後でメールする」

一方的に切り、返す刀のような電話を坂崎に掛けた。

長いコール音はいつものことなので気にせず、そのまま鳴らし続けた。坂崎は几帳面だ。会議などのときに留守電をセットし忘れることは有り得ない。セットされていないときは、出る気があるときだ。ナンバーディスプレイで人物に優劣はつけるだろうが。

一分ほども鳴らし続け、ようやく繋がる。

――忙しい。

前置きも何もなく端麗辛口だが、気にしない。

「茜と金曜に夕飯食うけど」

――行く。

坂崎との電話はいつも結論が早い。電話代が助かる。

「じゃあ、あとはメールで」

とだけ告げて切る。

坂崎は前置きがないが、新海は後に余韻を作らない。

まあ、それで成り立つ関係ではある。

「てぇこたぁよ、新海。坂崎の親父さん、使うのか」

「場合によってはな」

「でもよ、なんか、子供の喧嘩に大人ってな気もするがな」

「使えるものはなんでも使う。なんたって俺は、係長だからな」

瀬川がふっ、と笑った。

「係長か。違《ちげ》ぇねえ。中間管理職ってやつか。なんなら、うちの親分も使うか」

新海の脳裏で、諸肌脱《もろはだぬ》ぎの相京忠治が笑った。

上半身の倶利迦羅紋々《くりからもんもん》の迫力が凄まじい。

「いや、それは怖い」

「だよな」

瀬川はまた笑った。酒が美味《うめ》ぇや、と言って七カップ目を開けた。

「そうか。坂崎に会うのか。じゃあ、新海、土産の一つも持ってくかい?」

「喜んで」

新海は揉み手で瀬川の話に耳を傾けた。

これが、わざわざ成田まで来た理由の大きな部分でもある。

聞き終えて新海は瀬川を見た。

八カップ目がそろそろ空になりかけていた。

さすがに瀬川はご機嫌さんだ。

今だろう。

「で、瀬川。今のところな」

お好み焼きと大判焼きそれぞれ百個分と部下への報奨金に、茜と坂崎との飯代をちょっと付加して消費税を掛ける。

軽くふた桁《けた》にはなった。

呑み切ろうと呷《あお》った酒を瀬川は噴いた。

「手前ぇ。新海。人の金だと思いやがって。いい加減にしろってんだぜ、この野郎！」

おお。

一言一句まで思った通りだ。

新海は瀬川の怒声を馬耳東風に受け、ワンカップを傾けた。

十三

三日後の金曜日は、佐原の大祭の初日だった。

翌週の月曜日には梅雨明けが宣言される見込みとあって、ときおり顔を見せる青空はすでに濃い夏の色をしていた。

大祭初日の屋台の売り上げは上々で、今のところ姉ちゃんは大忙しだと、新海は瀬川からの電話で聞いた。

――あとは夜だが、夜こそあの女の真骨頂ってヤツでよ。今年は新記録かもな。

この、静香の真骨頂で新記録を狙う夜、新海は内堀通りに面した、皇居を望む老舗ホテルのラウンジにいた。

ホテルは高級で最上階のレストランも高級だが、新海がいるのはあくまでラウンジだ。

ホテル自慢の夜景とはほど遠く、皇居は望めない。

この夜、新海は茜を交えた坂崎との夕飯の予定だった。

茜はダシだから、言い方はこれで間違っていない。

だいたい茜は、いつ電話を掛けても忙しいという、兄を蔑《ないがし》ろにする妹だ。

「お兄ちゃんは、なんでそうちょくちょく電話出来るの？　羨ましくはないけど」

などと迷惑がられもする。

「妹を心配するのは当たり前だろう」

と返しはするが、半分は暇だからという真実があって、忙しさを前面に押し出す妹は癪に障る。

なので、飯を奢ってやるときは、ダシくらいにはなってもらうことを心掛ける。

ということで新海と妹の食事は、兄妹水入らずということはなく、必ず誰か、特に坂崎と同席という結論に行き着く。

ただし、それにしてもラウンジのブッフェだ。

最上階のディナーは、たとえ瀬川の金であったとしても、公僕の価値観とは掛け離れて高価だった。

つまり、飲んだも食ったもないという緊張で、味なんか最後までわからない、という感想になる。

「新海さんは今、都市局の景観課でしたね。どうです。セクハラとかないですか?」

「大丈夫でぇす」

「パワハラとかは? ちょうど課長補佐が僕の先輩で」

「平気でぇす。ありがとうございまぁす」

今、猫かぶりする妹の真ん前に座る優男が、坂崎和馬だった。

身長百七十ちょうどの優男。

軽くウェーブの掛かった、色素の薄い茶髪の優男。

鼻が高く目がぱっちりして、顎の線がシャープな優男。

顔が小さく、色が抜けるほど白い優男。

とにかく——。

瀬川静香姉さんはなんで、こんな徹頭徹尾の優男がいいのだろう。

とにかく——。

茜が、掀らなくてよかった。

猫かぶりは茜に言わせれば省庁における職員の処世術で、別に坂崎の前だからそうしているつもりもなく、他意はないという。

信じる以外ないが、本人の趣味がプロレス観戦で、新日のオカダ・カズチカの熱狂的ファンだから問題ないだろう。

少し筋肉フェチの気があるらしい。

どちらかと言えば、瀬川と会ったときの茜の態度の方が、兄としては気にもなる。

「とにかく、坂崎」

友人と妹の会話をデザートタイムに入って断ち切り、茜に三人分を任せる。

だいたいいつもそんな感じだ。

酒も多くは呑まないし呑ませない。食事が目的ではないからだ。

茜がデザートをチョイスしている間に、この夜も新海は坂崎に対し、一連の用件のあらましを語った。

それにしてもあらまし、しかも最低限だ。

必要以上は坂崎に重く、必要以下は新海に不利というものだ。

茜が新海と坂崎の珈琲を両手で運び、テーブルに置いてから自分のデザートを選びに向かった。

柔らかな微笑みで
「有り難う」

と茜に礼を言って後ろ姿を見送り、いきなりの真顔で、

「公安？　いやだね」

あっさりと坂崎は言った。

まあ、そういう奴だ。

新海が瀬川の頼みを六万円＋消費税で引き受けたのと同様、ただ友達だというだけで坂崎も安請け合いはしない。

特に坂崎は、下手なことをすれば父の政治生命に影響を及ぼしかねない公設第二秘書なのだ。

立場とそれに伴う責任は、友達を遥かに超えるだろう。

わかっている。

最初からわかっているから、対処の仕方も新海は心得たものだった。

「ま、いつものことだけど」

新海は足を組み、ゆったりと珈琲を飲んだ。

「ただじゃないぞ」

坂崎の目が動いた。

大きく頷いてやった。

「さすがに、ここの飯代だけじゃあな。俺もなかなか頼みづらい。たまにお前に電話すれ

ば忙しい。たまに頼み事をすれば嫌だって、そんなことを言われたりもする」

「なんだ。そうならそうと先に言え。俺だって別に、むやみやたらと拒否だけをしているわけじゃないぞ」

坂崎も珈琲に口をつけた。

「坂崎。バーターだ」

「OK、かどうかは聞いてからだな」

「千葉九区の、新人議員さんらしいが。わかるか」

坂崎はうなずいた。

「ああ。わかる。一人だからな」

そう、これがわざわざ成田に行った理由、情報交換、瀬川からもらった〈土産の一つも〉、だった。

成田山のテキ屋を束ねる武州虎徹組には、各地から様々な情報が入る。

差配のテキ屋は居職だけではない。かつての瀬川一家のような回り職もいるのだ。

回り職は当然、各地の寺社や地回りとも繋がり、土地土地の有力者とも繋がる。

そんな連中の噂話なら、特に聞き出そうとしなくとも、ときに一升瓶を挟んで酒を酌み交わせばいくらでも出るという。

それこそ、祭りの寺の住職の艶聞《えんぶん》から、土地土地の有力者の財務状況、そして、地元選出の議員の、黒い噂、地元ならではの阿漕《あこぎ》でイヤらしい活動。

かくて新海というお代官様は、下働きの坂崎という越後屋をバーターで動かすが、見返りは金ではなく、主に政治家に関する情報だ。

もちろん、新海もときには警視庁内で得た情報のカードを切る。

今回は瀬川が、

――兄ちゃんが防衛省のお偉いさんだってな。んで、ちょろちょろしてたらしいぞ。九区には、陸自の高射学校、下志津《しもしづ》駐屯地ってのがある。そこの物品の納入に、な。

と、そんなことを言っていた。

――本人はどうにも、発展家らしいな。大学の頃ぁ、ジュクでホストのアルバイトもしてたって噂があんだとよ。そのくらい色男でちゃらちゃらしてっと、色々、その辺のことで金も掛かんじゃねえのかな。

とも、新海は瀬川に聞いたままを淡々と坂崎に伝える。

坂崎も、メモなど残すことなく集中して黙って聞く。

今回が初めてではないから、お互いに慣れたものだ。こんな関係ももう、五、六年にはなる。

単なる噂話でも、使いようによっては鋭利な刃物にも出来るのだ、と坂崎は言う。

まあ、本当に言ったのは親父さんの方らしいが。

ただ、本当に刃物として使うわけではないようだ。

新自覚にはどうにも脇が甘く、身辺整理の出来ていない議員が多いらしい。

坂崎は瀬川や新海から得た〈噂話〉を父に上げる。

それを鋭利な刃物として〈切る〉のではなく、丈夫な太い縄にして、〈締める〉のだという。

締めて繋ぎ、飼い慣らし、そんなところか。

坂崎浩一は党内の綱紀粛正に力を発揮し、五期・十三年目に入ったばかりだが人望も貫禄も実績も備わり、次期党幹事長の最右翼と言われていた。

「悪くない。まあ、いいだろう」

坂崎は頷き、珈琲を飲んだ。

「お前に寄ってきた男達の部署と目的、でいいんだな」

「まあ、そんなところだ。よくドラマで見るような、上からの指示でもう手を出すな、なんて、あんなふうにはいくら親父さんでも出来ないだろ?」

「当たり前だ。まあ出来るとすればお前らの方にだろうな」

「――あ、やっぱり」

当然だろう。

悔しいが、大正解。

「少し、時間は掛かると思うぞ」

「なる早で」

坂崎の目が動き、口元にへラッとした笑みが浮かんだ。

茜が戻ってきたようだ。

「大臣に迷惑が及ばないよう、細心が先決だからな。急かすならこの件はなしだ。さっきの話も忘れる。――やあ、茜さん。ずいぶんケーキ、盛りましたねえ」

よくもまあ、にやけた顔でそんな話が出来るものだと感心する。

新海は少しだけふざけて、

「了解でぇす」

と答えを返してみた。

坂崎は憮然《ぶぜん》とした顔をするが、それだけだった。

情けないと思いつつ、答えに滲ませるわずかな抵抗は本当にわずかにして、それでも新海の精一杯だった。

十四

週が変わり、ようやく梅雨明けが宣言された。

火曜からは乾いた風もたっぷりに、本格的な夏シーズンの始まりだった。

空は青く澄み渡り、でっかい入道雲が浮かんでいた。

「けっ。せっかくのサマーだってのによ。海でも山でもなく、浅草かよ」

瀬川藤太は日比谷線三ノ輪《みのわ》駅から地上に出、降り注ぐ強い陽射しを恨めしそうに見上げた。

佐原の大祭はつつがなく終了した。

静香の店だけでなく、なんと藤太のお好み焼きも、佐原における売り上げの記録を更新した。

自分の屋台に関しては、有り難いことだと客に感謝だ。

静香の方は、まあ、色気と色目のぶつかり合いだから知ったことではない。

十四日から三日間の祭りを終え、十七日の一日だけで売り上げの集計とショバ代の計算から、屋台の撤去解体までを一気に終わらせた。

そうして、

「終わった。少し身体が空く。俺も行くからよ。余計な金使うな」

と、新海に連絡を入れたのが昨日の昼過ぎだった。

先に新海から舐めたメールが入ったからというのもある。

〈太田達と仲のよかった半グレ連中も？？？　どこへやら。なかなか進まないが、呑ませ食わせでちょっと追加。焼き鳥だけど（笑）。新宿、渋谷、久し振りに六本木。焼き鳥だ

けど（苦笑）。俺、腹一杯（大笑）〉

即座に、

〈何を勝手に笑笑してやがんだ〉

と書き込み、自分も行くと添えた。

要するに、一件にはまだなんの進展もないようだ。

ただ新海は、

「なぁんかな、変な感じも大ありだ。松濤会側の連中が太田を捜し回ってるのはわかってる。けど、どうもそいつらだけじゃあ、ないようなんだなあ」

半グレ連中は太田の名前を出すとあからさまに嫌な顔をし、

「またあいつの話かい。勘弁してくれよ。代わる代わるによ、何度話しゃあ気が済むんだよ」

と、話を聞いたヤツらのたいがいがそうなったという。

呑ませ食わせは太田の捜索と言うより、この〈太田のことを聞きに来た連中〉のことを聞くために使って、それで本人まで腹一杯になって（大笑）らしい。

「連中に聞く限り、三人聞きに来れば二人、四人聞きに来れば三人が〈ベステアウト〉だ。チンピラのノリっぽい。そうじゃないのが、つまり一人いる。これがどうもね」

公安かと聞けば、かも知れないし、違うかも知れないと、今のところ新海の反応は鈍かった。

「フロントのチンピラ程度じゃない。本職っぽいんだ。サングラス、地味なスーツ、感情のない口調、平板なイントネーション。ま、公安か組対か、モノホンのヤクザかはわからないけど、間違いなくチンピラじゃない」

新海が間違いないと言えば、間違いないのだ。

瀬川は新海の洞察力や思考力に、一目も二目も置いてなお足りないと思っている。自分にはないものだ。

向こう傷さえなければ全体に茫洋とした男だが、心の熱いヤツだと言うこともわかっている。

新海ほど、人に向き合う刑事という職に向いている男はいない。

だから何があろうと、呑ませ食わせで腹一杯（大笑）だろうと、新海に対する信頼は揺らがない。

「じゃあ、なんだよ」

と聞けば、

「元凶の、ヤバい筋の方かもな。松濤会、ヤバい筋、公安、俺達。太田はあっちこっちで大人気だ」

とも新海は考えを口にした。

それはそれで気になった。

新海の〈かもな〉は、天気予報よりよく当たる。

「さぁて。まあ、挨拶がてら、行くかい」

瀬川はおもむろにMSG、マジソン・スクエア・ガーデンのバッグを肩に引っ掛けた。

泊まるつもりで駅前のビジネスホテルは予約済みだった。

金は掛かるが、新海に好き勝手に焼き鳥を食われるよりはいい。

それでも、身体が続けて空くのは何日かだ。行楽のシーズンはテキ屋にとって書き入れ時なのだ。

午前中の明治通りを、瀬川はブラブラ歩いた。

通行人は多かったが、何もしなくとも瀬川の前に道は出来た。

デカくぶ厚い身体に厳《いか》つい顔、スニーカーにジーンズにパンパンのTシャツ、おまけにサングラスで肩にはMSGのバッグというのは、どう考えても武者修行中のレスラーだ。誰だって避ける。

浅草東署までは、つくばエクスプレスの南千住からなら一キロもないらしいが、三ノ輪からだと一・五キロくらいあった。

噴き出す汗を二の腕で拭いながら、瀬川は浅草東署の建物を見上げた。

屋上で、ちょっとくすんだシーツ類がはためいていた。

「相変わらず、生活臭満載の署だな」

瀬川は苦笑するだけで入ることはせず、そのまま通り過ぎた。

目的はここではなかったし、さすがに警察署に警官を訪ねるのは、ヤクザの沽券《こけん》に関わるというものだった。

三ノ輪から一・六キロくらいで、ようやく瀬川は立ち止まった。

ＳＴビルヂングの前だった。

偉そうな黒塗りばかりの駐車場を眺める。

「こっちはこっちで相変わらず、ザ・ヤクザだな」

親方である相京の運転手として、何度か来たことがあった。

若頭になってからは初めてだった。

ちなみに、瀬川の愛車は軽トラックだ。

香具師系のヤクザとしては〈社用車〉だからむしろ小回りが利いて便利だが、同業者のリムジンとかを見ると胸内が騒がないでもない。

そういうのに乗る奴らに限って、軽トラで乗り付けると冷笑を浴びせてきた。

親方を笑われているようで無性に腹が立った。

立場に関係なく相手の胸ぐらをつかみ、今よりもっと若い時分にはよく啖呵を切ったものだ。

——ベンツが軽トラ売り出しゃあよ。十台でも二十台でも買ってやらあ。

それでよけい笑われ、後で親方にどつかれた記憶もあり、黒塗りと瀬川の相性は悪かった。

不味い油の臭いがするエントランスに進むと、

「あ、こりゃあ、ぶ、武州の。ご、ご無沙汰で」

中華そば屋の店主が仏頂面で暖簾《のれん》を分け、すぐに目を丸くした。

「よう。ここも相変わらずだな。屋台より悪ぃ油ぁ、町の衆に使うもんじゃねえよ」

「うへへっ。どうも」

それ以上構わず、エレベーターで三階に上がった。

ホールに雀荘から泳ぐように出てくる男があった。

マスターの田中だった。

「よう、マスター」

「ど、どうも。あ、若頭ご就任、遅ればせながら」

「なぁに。なんも変わらねえさ。そんなんで浮かれるほど、もう若くねえよ。それより、上に若頭補佐は？」

「ええ。先程。武州の若頭のことは、下から上げさせましたので」

田中は自ら四階へと瀬川を先導した。

——うおおっす。


上がると、揃えた若い声が響いた。

独立系の小さな組織にはないものだ。

たまに聞くと面白い。

田中からバトンタッチした若い衆に通され、応接室に入る。

室内は気持ちが悪いほどに冷房が効いていた。

出された緑茶をひと口飲み、瀬川はわずかに顔をしかめた。

「美味くねえな」

上等な茶葉に違いないが、甘さの中にえぐみがあった。

適当に淹れるからだ。それに、水だ。

これなら成田の羊羹屋《ようかんや》の内庭に湧く水で丁寧に淹れた、百グラム三百円の茶の方が美味い。

少なくとも高ければいいだろうとする、金満の味はしない。

「おう。武州の。待たせたな」

朝森の声がした。

やけにテラテラとした銀色のスーツが瀬川の視界に入ってきた。

「言ってくれりゃあ、若え《わけ》のを迎えに行かせたのによ」

「へっ。下の黒塗りかい。止《よ》してくれよ。あんなのに乗っちゃあ、緊張して尻が凝っちまう」

「なんだい？　ああ、叔父貴んとこは全員、軽トラだっけな」

そう、それでこの朝森の胸ぐらもつかんだことがある。

武州虎徹組の相京は松濤会の上部組織、鬼不動組の組長と五分の盃だ。組の格が同等以上だとすれば、小さい独立系でも、本来なら若頭を張る瀬川の方が上になる。

歳上に花を持たせて対等、そんな感じか。

朝森が言う叔父貴は本来の意味の叔父貴ではないが、上の方はたいがい叔父貴と言っていればそれで済む。

「軽トラで悪ぃか？」

「なんでぇ。のっけから絡むなよ」

「聞いてんだ。軽トラで悪ぃか？」

「悪くねえよ。いいじゃねえか。小回りが利いて、荷物も乗っけられてよ」

「だよな。その悪くねえ軽トラだがよ」

瀬川が芝居っけたっぷりに湯飲みを置いた。

ここで初めて朝森を見た。

いや、睨んだ。

「成田の祇園が始まる前だったもんでよ。言ってなかったがな、持ってかれた」

「──ああ？」

「うち手配のテキ屋衆がよ、見たってよ。太田んとこの仲間だったたってよ」

「ば、なっ！」

一瞬、朝森の尻がソファから浮いた。

「うちの姉貴に焼きそば食わされまくった腹いせか？　それとも、浅草神社界隈、俺らが店出してるのが面白くねえってよ。まさか、お前ぇさんが焚きつけたとかよ」

「けっ。知らねえよ。んなこと、あるわけねえだろうが」

朝森は短い足を組み、ＧＩカットの頭を掻き回した。

苛ついていた。

「ったく、あっちもこっちもよ。あの馬鹿どもがっ」

「おい、なんでえ。あっちもこっちもってのは」

「なんでもねえ。こっちの話ってぇか、迷惑被《こうむ》ってんなぁこっちも一緒だぜ。とにかく武州の。俺ぁ知らねえ。うちは関係ねえ。うちだって被害者だぜ」

「おいおい。そんなんで済む話だったら、俺ぁわざわざこんなとこまで来ねえよ。盃はまだでもよ、連中が、特に太田が、手前ぇんとこのチンピラだってなあ、誰だって知ってるぜ。車持ってかれたままじゃよ、うちの組の面子《メンツ》にも関わるってもんだ。出せよ。ええ。そんで返せよ。うちの軽トラをよ」

「ああ、わかったわかった」

朝森は観念したように両手を上げた。

もっとも、心はまったく見えず、聞こえない。

「だが、今すぐぁ無理だ。車だけならこの足でディーラーに行ってもいい。十台でも二十台でも買ってやる。太田のことに関しちゃあ、もう少し待ってくれ。とっ捕まえたら、くれてやる。勝手にしてくれ」

「なんだよ。勝手にってなあ、どういう意味だ」

「文字通りだぜ。遠くの漁船に放り込んでもいいしよ、生きたまま内臓取り出したっていいや。もっとも、一人はもうこの世にゃいねえし、もう一人も多分同じじゃねえかな。確実なのは太田だが、野郎の行方はまだわからねえ。俺らも捜してる。だから、見つけたらよ、必ずだ！」

くれてやる、と朝森は吠えるように言った。

瀬川は思わず立ち上がって身を乗り出した。

考えはなく、なぜか頭に血が上った。

朝森の胸ぐらを捻じり上げる。

瀬川の方が頭一つデカいが、そんなものだけでは追い付かない貫禄の差が滲んだ。

(ああ。そうだった。へっ。俺もまだまだだぁな)

衝動的にまず動いてしまうのは、悪い癖だ。親方に何度言われても直らない。

「おい。松濤会の。なんだよ、そりゃ。寝惚けたこと言ってんじゃねえぞ」

「う、嘘じゃねえっ」

朝森の顔が歪んだ。

「叔父貴んとこの若頭に、嘘なんかつけるかっ」

「そうじゃねえ。そっちじゃねえよ」

瀬川は首を振った。

「下の者をよ、庇《かば》いもしねえでよ。遠洋漁業だぁ？　臓器売買だぁ？　手前ぇ、それでも松濤会の若頭補佐かい。――ああ、そんなだから、いつまでも補佐なのかもな」

胸ぐらを締め上げる手を放した。

「なんかあったらすぐ呼べや。この辺に何日かいっからよ」

朝森が尻からソファに落ち、埃を立てた。咳き込んだ。

瀬川は冷ややかに見下ろした。

「それにお前ぇ、車だけなら今すぐディーラーだぁ？　十台、二十台だぁ？　舐めんじゃねえぜ。軽トラったってよ。うちのはそんじょそこらにある軽トラじゃねえぜ」

「……な、なんだよ」

「ベンツだよ。ベンツの軽トラ」

「べ、ベンツだあ？　んなもん」

「わかってらあ。ま、そんくれぇの気持ちで乗ってるってこった」

邪魔したな、と瀬川は応接室を後にした。

朝森は追ってもこなかった。

それでいい。

それでなにか、動くかもしれない。

この日、まず松濤会に顔を出したのは仁義でもあり、新海に言われていたからでもある。

――どうせ来るなら、掻き混ぜろ。お前の馬鹿力で。

言われたことはやる。

こう見えて俺は、素直なのだ。


「けっ。んだよあのクソ餓鬼《がきゃ》ぁよ。何が若頭だ。田舎ヤクザのクソみてぇな組のくせしやがって偉そうにっ。誰に向かって物言いやがったんだ、んの野郎っ！」

朝森は応接テーブルを蹴り飛ばした。

派手に湯飲み茶わんが飛び、リノリウムの床で砕けた。

飛び散る茶から、まだ湯気が上がった。香ばしい匂いがした。

組で出す茶は、会長の指示で見栄を張っている。

さすがに、朝森にもわかる。

百グラム六千円は、いい茶だ。

……。

「んなこたぁ、どうでもいいんだ。おい、有起哉《ゆきや》ぁ」

若い衆を呼んだ。瀬川に茶を出した男だった。

「つけろ。勝手にチョロチョロされても迷惑だ。浅草にいる間ぁ、あの野郎に張り付け。ああっと。いいか、間違っても手前ぇ、気付かれんじゃねぇぞ」

へい、と威勢良く、有起哉と呼ばれた若い衆は出ていった。

荒い息で天井を睨み、朝森は携帯を取り出した。

「へっ。下衆《げす》とクソ餓鬼。いいじゃねぇか。見てろよ」

呼び出した番号は、瀬川より先に怒鳴り込んできた相手のものだった。

正面衝突させれば、何か儲け物が飛び出すかもしれない。

「こういうなぁ、なんてったかな。魚、ギョリ、おっ、サプリか」

なんだかわからない言葉を呟き、朝森は通話ボタンを押した。

すぐにつながった。

「ああ。桃花《とうか》通商さんですかい」

朝森は立ち上がり、ポケットから煙草を取り出した。

十五

瀬川は腕時計で時間を確認した。

午前十時半にもなっていなかった。

「さすがに、まだ早《はえ》ぇよな」

松濤会本部にひとしきり武州の風を吹き荒らした後、瀬川は浅草寺に向かうつもりだった。

三ノ輪から来た道より浅草寺までの方が遥かに遠かったが、歩くことにした。

歩いて掻いた汗が、松濤会本部のクーラーで冷え過ぎた。

外に出ても、夏の陽射しを温《ぬる》く感じるほどだった。

「こういうので爺さん婆さんは、身体壊すんだ」

テキ屋は自然との戦いだ。

売り上げは風雨との戦いで、身体は寒暖との戦いになる。特には暑さだ。

だから瀬川は、成田の自室では極力冷房を使わなかった。

階下、武州虎徹組本部と称する居間と、会長室と札の下げられた相京の寝室は夏場は常にガンガンに冷やしているが、二階は一階と切り離されていた。

リフォームで相京が二世帯のようにしてくれたからだ。出入り口も別だった。

瀬川が冷房のスイッチを入れるのは、姉の静香や姪っ子の愛莉が祭りの関係で泊まりに来たときくらいだ。

窓からの風だけで、たいがいは眠れた。

日中、鉄板と格闘する日が多い夏は、疲労度も高いのだ。

敵はときおり大群で押し寄せる、藪蚊《やぶか》だけだった。

東浅草一丁目の交差点辺りから道を折れ、土手通りに出て浅草五丁目に入る。

浅草観音堂裏から瀬川は浅草寺の寺領に入った。

浅草寺病院を右手に見ながら玉砂利を踏み、本堂の裏手から西側に抜ける。

常設の屋台の並びがあった。

仲見世や浅草神社側より通りが広い分、屋台の前に余裕があった。ベンチを置いても、なお余る広さだ。

「よお。店長」

瀬川は、暖簾の下げられた一軒の屋台に顔を突っ込んだ。

鰹《かつお》ダシに混じって、コンソメの香りがした。洋風おでんが売りの屋台だった。

この西側はその他にもナポリタンや串もんじゃ、十万ボルトでお馴染みのアニメを模したピカ○ュー焼きやら、版権伝統度外視の新たなアイデア屋台が多い。

と言って、馬鹿には出来ないし、しない。

すぐに廃れるものが多いのは間違いないが、定番に育って全国に広がってゆくものもある。

「おっと。こりゃあ、武州の若頭」

〈味自慢　モコ〉の店長が、コック帽を取って白髪の交じった頭を下げた。

店長とは呼ぶが、別にチェーン店でも雇われでもない。

〈味自慢　モコ〉はこの男、松田《まつだ》の自分の屋台だ。

同様にして、格好も味わいの一つ、と嘯くが、松田は別に元シェフではない。若い頃は鳶職《とびしょく》の見習いだったという。飛び出すようにそこを辞めてからは、しばらく職を転々としたらしい。

それから浅草神社側の屋台で仲間の手伝いをしていたものが、この西側のテキ屋の娘に見初められて入り婿に収まった、と瀬川は相京に聞いていた。

ずいぶん古い話のようだ。

現在は松濤会のエリアにいるが、相京が、

「藤太。あいつと俺ぁその昔、一緒にありとあらゆる馬鹿やった仲だ。下手なことしやがったら、母ちゃんに全バラシだからな。あそこの母ちゃんはよ、怖《こえ》ぇんだ。そうなったら間違いなく血の雨が降る。へへっ。そりゃあそれで、面白そうだがな。だから大丈夫だぜ。あいつはってぇか、あいつだけは、心配ねぇよ」

と、変な太鼓判を押すからには、大丈夫なのだろう。

午前中にも拘らず、モコにはすでに客が一人いた。

ど真ん中のビールケースの椅子に座っていた。

瀬川は店長にビールと見繕いを頼み、その隣に座った。

本来、浅草寺の屋台でアルコールは出ない。二〇一六年から、浅草寺境内でのアルコールの販売は禁止されている。

だからこれは持ち込みOKと同様の、名目上は常連への〈サービス〉だ。

当然、その分だけ見繕いの金額は跳ね上がるが、まあ、松濤会が内々で上手くやっている、ということだろう。

建前と暗黙の匙加減で、禁止と了解の天秤が大きく傾くのはどこも変わらない。

「へい。お先にビール」

目の前にすぐ、瓶とコップが出された。

出された瓶は、よく冷えているようだった。

コップに注げば細かな泡が立った。

喉を鳴らして呑んだ。一気呑みだ。

少し汗が引いた気がした。

「ほいよ」

隣から伸びた手が瓶をつかみ、空になった瀬川のコップを満たした。

隣の客は、新海だった。

モコで昼飯昼呑み、そんなざっくりとした待ち合わせだった。

待ち合わせには、常設屋台が便利だ。そこで〈味自慢　モコ〉を指定した。

まだ十一時を過ぎたばかりで、どう考えても自分の方が早いと思っていたが、もう新海はいた。

そして、呑んでもいた。

「そこまで暇な署かよ。おい」

「暇はやめろ。言うな。禁句だ」

少し尖った声だった。――怒ったのか、とは思わない。馬鹿臭い。

持ったままの瓶を自分のコップに傾けようとする新海の手を、瀬川は上から押さえた。

「自分のを呑め。空なら自分で頼め」

「あ、バレた？」

まったく、油断がならない。

「お待ちどお」

深めの皿に載ったジャガイモとニンジンとソーセージが三本出てきた。

わかっているからどうということはないが、ポトフに似ている。

というか、ポトフだ。

なんの捻りもないが嘘偽りもなく、安定して屋台は続いている。

全国には広がりようもないが。

「で、瀬川。お仲間の方は、どうだった?」

新海が聞いてきた。

案の定、ビール瓶は空のようだった。ポトフの汁をチビリと飲んだ。

「ああ。カマかけたら、あっちもこっちも、とは言ってたな。あっちの正体を口を滑らせてってなぁ、さすがになかったが」

ポトフをつまみながら松濤会本部でのひと幕を話した。

「ふぅん。やっぱり、竹下だけじゃなく吉岡も同じか」

新海はまた、汁をチビリと飲んだ。

「たぶんな。結果、お前が調べたことの裏付けを聞いてきたようなもんだ。進展はなにもねぇな」

「そんなことはない。連中がまだ太田を捜してて、目途も立っていないとな。そのくらいわかっただけでも十分だ」

「そんなもんかい」

「ああ。そんなもんだ。捜査ってのは」

「地味だな。嫌いじゃないが」

「地道だぞ。好きも嫌いもなく、な」

「さて、この先だ」

「そうだな」

「どうするつもりだ」

「色々道はあるが。まあ、どれも地味で地道だ。坂崎の情報が先か、お前が掻き回したお仲間の動きが先か」

またまた新海はチビリと汁を飲んだ。

それさえもう空だった。

仕方がない。

瀬川は自分の皿から、汁を分けてやった。

新海からは有り難うの言葉さえなかった。

どちらかと言えば、恨みがましい視線が強い。

瀬川は気にせず、自分はポトフを肴に瓶ビールを空けた。

もう一本頼もうとして、ふと止めた。思うところがあった。

「店長、勘定だ。俺の分。新海。その汁、飲むなら早く飲め」

「なんだ瀬川。ひと皿で一本なんて、お前どっか具合でも悪いのか」

怪訝な顔をしながら、とにかく新海は汁を飲んだ。

「そうじゃねえ。行くんだよ」

「行くってどこへ」

瀬川は、

「この辺一帯だ。グルッとよ」

と言って辺りを見回した。

「新海。ついてこい。外れるかもしれねえが、当たるかもしれねえ。八卦見《はっけみ》てぇなもんだが、当たったときゃあ、特急券だぜ」

それから瀬川は、まず浅草神社付近の屋台に顔を出した。

この日は、六軒ほどの屋台が出ていた。回り職の店だ。

それぞれに行く祭りは、どのテキ屋もだいたいは決まっている。みな瀬川同様、空いた期間に違いない。

縁日でもイベントでもない浅草寺に屋台を出すのは、商売熱心だから、このひと言に尽きるだろう。

家にいても埃と一緒に掃き出されるだけだから、仕方なく屋台を出すに決まっているなどとは、実際そうに決まっているから口が裂けても言えない。

「おう。父《と》っつぁん」

と瀬川が言えば、

「あ、こりゃ、若頭」

と返り、

「よう。大将」

には

「お、ご無沙汰で」

とかあって、瀬川は六軒全部に顔を出して回った。

で、どこへ顔を出しても言うことは同じだった。

「三社になると姉ちゃんの屋台に張り付く焼きそば男、いたじゃねえか」

みな、

「ああ、太田ですね」

と口をそろえた。

「そう。あれが今、この辺にいねえんだ。凄ぇ祭り好きだったはずだからよ。どっかの夏祭りで、誰か見掛けっかもしんねえ。回してくんねえか。東京だけじゃなく関東だけじゃなく。ああ、けどよ、組合は勘弁だ。組関係には知られたくねえ」

組合とは各地にあるテキ屋の元締め的組織のことだ。ヤクザが絡むところが多い。回状として送れば早いが、それだと電光石火で松濤会の耳にも入る。

六軒すべてが、瀬川の頼みを気持ちよく引き受けてくれた。

それぞれの携帯に太田の写真をメールで送った。

静香と太田のツーショットだった。

他意はなくそれしか持っていなかったからだが、六軒すべてが依頼とは別の意味で喜んだようだ。

これもいわゆる、静香マジックだろう。

「なるほどね」

ついてきた新海が感心したように呟いたが、何に感心したのかは特に聞かない。

瀬川はそれから、精力的に浅草寺内を歩いて回った。

浅草神社付近の六軒と同じことを頼んだ。

「いいのか？」

新海が聞いてきたが、鼻で笑ってやった。

「松濤会の下ったって、差配ってなあ別に仲間じゃねえよ。新海、みんなが俺の話を聞いてくれるなぁ、俺んとこがテキ屋だからだ。同じ匂いがするからだぜ。こりゃあ、松濤会にゃあ無理だ。テキ屋の繋がりだからな」

それにしても、浅草寺にテキ屋は多かった。

夏の陽が西の空に沈もうとする頃、残りは翌日回しになった。半分もいかなかった。

回った屋台は全店、快諾してくれた。

送信したバストショットには、やはり違う意味で喝采が出た。

「細工は流々、だぜ。新海」

で、夜は新海と軽く呑んだ。

翌日は朝から残りのテキ屋を回り、すべてに快諾と喝采をもらった。

この日は作業終了の夕方早くから、新海と深く呑んだ。

瀬川にとって、テキ屋以外と呑む酒で美味いと思えるのは新海一家と坂崎くらいだった。

もっとも、坂崎と差しで呑む機会はない。

そう思えば新海一家だけか。

新海は「警視庁には魑魅魍魎《ちみもうりょう》が多い」と嘆くが、ヤクザの世界にこそそんな化物は多い。

「美味いな、新海。美味ぇよな」

何度繰り返しても、「ああ。そうだな」と新海は受けてくれた。

どれほど呑んだか。

仲見世から一本外れたメトロ通りの蕎麦屋で始めた。

最初のビールの本数はわからないが、ボウリングのピン以上には並んだはずだ。

その後、店を替え品を替え、零時を回る頃からの冷酒が二升くらいまでは覚えている。

気が付けばホテルで、もう翌日の午後だった。

瀬川の酒は、呑まれるが残らない。

よく人には面倒臭ぇと言われるが、本人としてはそれが自慢だった。

携帯に何件かの伝言とメールが入っていた。

一件は新海だった。今朝方の四時過ぎだ。

〈どうせ起きるのは昼過ぎだろうから、昼飯は勝手に食え。モコに三時。あと、ごっそうさん〉

苦笑しか出なかった。

「にゃろう」

悪くない気分で他をチェックする。

起きる直前に入っていたテキ屋の伝言を聞き、瀬川は唇を舐めた。

すぐに新海にメールを打った。

〈モコじゃ味気ねえから、昨日の蕎麦屋に四時だ〉

すぐに返信はなかった。一時間待ってもなかった。

三時になる頃、瀬川の腹とほぼ同時にメールが鳴った。

新海からだった。

〈ヤダ〉

すぐに瀬川は電話を掛けた。

三分鳴らしても、新海は出なかった。

仕方がないので、メールで翌朝の時間だけは決めた。

〈祝杯、と思ったがよ。今日はなしでいいや。たぶん、太田見つけたぜ。明日、熊谷《くまがや》に行く。朝九時、ロビー集合〉

〈了解〉

ちっ、と瀬川は舌打ちを漏らした。

新海からの返信は瀬川がメールを打ってから、三十秒のタイムラグもなかった。

十六

翌日、新海は瀬川とふたり、上野に出て北陸新幹線で熊谷に向かった。

正午を回っていた。

遅くなった。

勝手に一人で馬鹿呑みした誰かが、何度呼び出しても起きなかったからだ。

狭いビジネスホテルのロビーで二時間は待った。

結果、真夏のクソ暑い中を動く羽目になり、電車の都合で現着が二時間半は遅れる計算になり、新幹線を使う羽目になった。

余計な汗であり、出費だ。

「まったく」

「へへっ。悪ぃ悪ぃ。悪ぃがよ。腹は減るわな。それで起きたわ」

呑まれるが残らない瀬川の体質だけが、せめてもだった。これで二日酔いで起きられないとなったら、ほぼ今日一日が徒労に終わる。

熊谷は近いようで、それくらいには遠い。

瀬川は新幹線の席に着くなり、エキナカで買った弁当を食い始めた。一緒に何本か買い込んだ五百ミリリットルの缶ビールも呑む。

新海としては文句の一つも言おうと思ったが、

「本当に悪ぃと思ってんだぜ。詫びにな」

呑めよと五百ミリ缶を渡されれば、まあ一本くらいはもらってやってもいいかという気にもなる。

ひと口呑むと、ほぼ半日を棒に振った気持ちも緩んだ。

話を聞いてやろうという態勢もできる。

「で、瀬川。太田が熊谷でなんだって」

「おう。ほえがよ。ふままやであ」

「あとでいい」

新海は車窓に流れゆく景色を見ながら呑んだ。

すぐ空になった。

計ったように呑めよと次を出されれば、まあもう一本くらいはいいかという気にも大いになる。

弁当を食い終えた瀬川も次の五百ミリ缶に手をのばす。

普段通りにして、悪びれることなく反省の色もどこにもないが、缶ビールを二本もらったから、まあいいだろう。

「今ちょうどよ。うちわ祭の最中なんだ」

「？　うちわ祭」

「なんだ。お前ぇ、知らねえのか？　あんなデッケぇ祭りをよ」

別の生き物を見るような目で瀬川が見てくる。

「生憎《あいにく》。テキ屋に知り合いはいるが、俺はテキ屋じゃないんでね」

「それにしたって、関東一の祇園だぜ」

「くどい」

聞けば熊谷うちわ祭は、京都八坂神社を勧請した、市内鎌倉町にある愛宕《あたご》八坂神社の例大祭だという。神事であり、毎年七月二十日から二十二日までと日時は決まっているようだ。この辺は東照宮の例大祭と近い。

その昔は祭の期間中に疫病除《よ》けの赤飯が振る舞われたが、とある料亭が手間の掛かる赤飯に代えて、当時は生活必需品だったうちわを配ったのが名称の始まりらしい。

うちわ祭は熊谷の夏の風物詩で、例年およそ七十万人もの人で賑わうという。

当然、テキ屋の衆も大勢繰り出している。

「そこによ。行ってたんだ。うちの差配で、こないだまで成田に店出してた奴でよ。久住《くずみ》ってんだが、まだ若ぇくせに目端が利いて、うちの組にスカウトしてえくれぇでな」

ヤクザのスカウトに頷くわけにもいかず、新海は無言を通した。

「楽しい射的屋だ」

「ん？　楽しいんだ」

「そうだ」

瀬川は五百ミリ缶の二本目を呑み終えた。

「そいつから昨日、伝言があったんだ。行ってからと思ったが、お前ぇが全然電話にも出ねえで暇だったからよ。しょうがねえから聞いた。酒の肴にしようと思ってよ。——まあ、大した肴にはならなかったがな」

瀬川は三本目のプルタブを開けた。

射的屋は基本、子供たち相手の商売だ。前日は昼過ぎまで暇だったらしい。ちょうど、一学期の終業式に当たったからだ。

わかっていた暇だから、焦ることもなく大した準備もせず、近所の仲間連中の屋台を冷やかしたりしてブラついていたという。

祭り自体は朝からの神輿巡行で、万の人出があって大賑わいだった。

すると雑踏の奥から、

——なんだ手前ぇ。イチャモンつけんのか。おいっ。

——っせぇな。不味いモンは不味いんだから仕方ねえだろが。俺ぁ、浅草でたいがい不味《まじ》い焼きそば食ってんだ。それより不味いってなぁどういうこった!

と、祭りに付き物の威勢のいい声が聞こえてきたらしい。

射的屋はそれで、ピンときた。

ちょっと待った、と新海は瀬川の話を止めた。

「太田っぽいのはわかった。いや、間違いなく太田だろうよ。でも、不味いってなんだ? 静香姉さんの焼きそば、美味い方だと思うけど」

「ああ、それな。実はよ、太田スペシャルってのがあってな」

聞いた覚えは大いにあった。

「俺ぁ止めとけって言ってんだが。もともとぁ親父の焼きそばだ。こだわりがあってな。福島の蔵元の本醸造で蒸すんだ。これが美味い。それをあの女、勝手にワンカップに変えやがってよ。気が付いたら二リットルペットの水のときもあんだ。で、太田スペシャルってなぁ、新海、浅草神社の本堂の脇によ、蛇口があんの知ってっかい？」

「わかった。もういい」

射的屋は声のした方に向かったが、なかなか進めなかったという。それほどの人混みだった。

――美味いモン出せたぁ言わねえがよ、底抜けに不味ぃモン出すんじゃねえよこん畜生っ。せっかくの祭りに水差しやがって。

――へん。本当に適当な水差しゃそうなるんだよ。よしっ。なら明日だ。明日来やがれ。

――なんだぁ。明日だあ？　ちっ。面倒臭ぇ。また来んのかよ。

――けっ。言いたいだけ言って逃げんのか、こら。こっちゃあクソ忙しいのに、上野の屋台にも負けねえの食わせてやるっていってんだぜぇ。

――おう、言うじゃねえか。上等だぜ。なら食わせてみろや。上野の屋台がどんなモンかぁ、俺ぁわかんねえけどよ。

屋台に辿り着いたとき、太田の姿はどこにも見えなかったが、そんなヘナチョコな遣り取りはしっかり聞いたらしい。

新海は、思わず噴きそうになるビールを強引に呑み落とした。

「待った。おい瀬川。それでなんで寝坊してんだ」

「へっ。心配なんざいらねぇ」

瀬川は三本目も呑み終え、縦に潰した。

「そんな教育してねえよ」

「そもそもしてるのかよ」

「するわけねえだろうに。まだスカウト前だぜ」

「──ああ。はいはい。で？」

「焼きそば屋と久住ぁ、差配の親方が同じらしくてよ。若いの一人貸してくれって、親方に頼んだってよ。んで焼きそば屋に置いて、太田が来たら張り付けてヤサぁ当たっとくってよ。へへっ。本当に出来たテキ屋だぜ」

ちょうど新幹線が減速し、メロディーとアナウンスが始まった。

熊谷に到着したのは、十二時四十分過ぎだった。

ホームに降り立った瞬間から、新海の耳にというか全身に、駅前の喧騒《けんそう》が地響きのような振動として伝わってきた。

なるほど、三日で七十万人を集める祭りのパワーはさすがだ。

「へえ。こりゃあ凄い。盛り上がってるね」

「だろう。新海、はぐれんなよ」

瀬川を先頭に、駅正面口から出て中山道方面に向かう。

もの凄い人出だった。

ちょうど一時から、中山道は歩行者天国になるという。

「こっちだ」

慣れた様子で瀬川は群衆を掻き分けた。

中山道までは行かず、手前の通りを鎌倉町方面に折れる。

遅れずついていくと、三百メートルほどで交差点に出た。

祭りの広場になっていた。屋台がズラリと並んでいる。

「よお。久住」

瀬川は見回し、右手を上げた。

その先に、たしかに射的の屋台があって子供達が群れていた。

「ありゃ」

新海は思わず声を出した。

なるほど、屋台の軒に揺れる垂れ幕に〈楽しい射的屋〉、とあった。

つまり〈楽しい射的屋〉は、屋号だ。

「おっ。兄貴ぃ」

目一杯にコルク銃を突き出す子供達と景品棚の間に、二人の男がいた。一人が瀬川に応えて手を振った。

それが楽しい射的屋の、久住という男のようだった。

「雄二《ゆうじ》、あと頼んだぜ」

「へぇい」

「おい、手前ぇら、ズルすんじゃねえぞ」

――はぁい。

揃った幼い返事が返る。

新海などは微笑ましく聞いたが、久住はちっ、と舌打ちを漏らした。

「返事で誤魔化そうとすんじゃねえよ。オラ、言ってる傍からそこのガキ、台の上に乗るな。足浮いてんぞ。隣はほら、弟の銃を横取りすんじゃねえ。泣いてんじゃねえか」

――やぁい。怒られたぁ。

「こら、そっちもだ。手前ぇら、お天道様に顔向け出来ねえこたぁ、しちゃいけねえんだ。わかったかっ」

――はぁい。

「じゃあな」

——いってらっしゃぁい。

などとあって、久住が外に出てきた。

なんというかこの射的屋は、ヤクザより刑事より、いい教師になれるかもしれない。

「兄貴。遅かったっすね」

「おお。色々あってよ」

偉そうに瀬川は言ったが、色々はない。あるのは誰かさんの寝坊だけだ。

睨んでいると簡単に、俺の友達だ、とだけ紹介された。

「瀬川。名前もなしかよ」

「で、久住。どうだい、太田は」

綺麗に無視された。

「へっへっ。来ましたよ。昼前に。焼きそばの親父とは、最初は丁々発止と遣り合ってましたがね。最後はなんか、固い握手になってましたね。親父も清々しい顔しちゃって」

「お。ヤル気出したってかい。どんなダシ使ったんかな」

「食いますかい」

「瀬川、ちょっとストップ。その前に太田の件だ」

たまらず新海は話に釘を刺した。

久住は
「大丈夫でさぁ」

と胸を張った。

「差配の親方んとこから借り受けたのが追ってます。まだなんの連絡もねえってこたあ、見失ってもねえってことで。祭を見物してんじゃねえっすか。夜まで掛かるかもしれませんから。気楽に行きましょうや」

「なるほど」

新海は大きく頷いた。

久住が目端の利く男だというのは、瀬川の誇張ではないようだ。

ヤクザではなく、刑事に欲しいかもしれない。

件《くだん》の焼きそばは、お世辞ではなく本当に驚くほど美味かった。

だが、

「こんな物ぁ、屋台で出したら本当は負けだぜ。乗せられちまったけどよ。適当に高くて適当に不味い。それが屋台の醍醐《だいご》味だぜ」

と、焼きそば屋の親父は嘆いた。

「おっ。いいねえ。もっともだ。あんたぁ。プロだね」

瀬川は親父の肩を叩く。

まあ、理屈としてはわからないでもないが、新海はテキ屋ではないので聞きたい裏話でもない。

焼きそばに舌鼓を打ち、午後の巡行祭では各町の山車を見物し、陽が暮れてからの全町揃った巡行叩き合いでは、派手やかな熊谷囃子《ばやし》を堪能する。

さすがに、関東一を謳《うた》われる祇園だった。

久住が言うように、太田もどこかで見ているに違いない。

夜になっても連絡は入らなかった。

事態に変化は何もなかった。

その代わりの変化として、瀬川が出来上がった。

見ていて新海の気持ちが悪くなるほどに呑んだからだ。

「こうなると思ってましたから、宿はこっちで取っときました。駅前は一杯なんで、少し離れますが」

交通規制の解除と同時にタクシーを捕まえ、新海は瀬川を押し込んで自分も乗った。

「じゃあ、連絡は悪いけど俺に。瀬川は使い物にならない」

「そうっすね」

笑顔で別れた久住から連絡が入ったのは、午前零時を回る頃だった。

〈ヤサ、発見。明日朝、うちの屋台に来てください〉

了解、と打って寝床に入る。

久住は本当に、使えるテキ屋だった。

隣で腹を出して高鼾《たかいびき》の、成田のテキ屋系ヤクザとはえらい違いだ。

十七

翌朝、うちわ祭最終日の熊谷は、濃い朝靄《あさもや》に包まれていた。

新海はデカブツと祭り広場に向かった。

「んだよ。朝飯くれえ食わせろよ」

そんな文句を瀬川は言っていたが、無視した。

そもそも瀬川の依頼に新海が付き合っているという図式のはずだが、すっかり吹き飛んでいる。

七時前だというのに、すでに久住は出てきていた。というより、半分程度の屋台は早くも今日の準備に入っていた。

祭り広場は業者だけでもう、それなりに賑やかだった。

その上、祭りを待ち切れない客、あるいは夜通しの酔客も、ずいぶんうろついていた。

七時前でも、熊谷は色々な意味で猛烈に暑い。

「お、兄貴。早いっすね」

「当たり前ぇだ。お天道様が顔出したらよ、働くのが人間ってもんだ」

お寝坊さんが偉そうに言うが、起こしたのは新海だ。

正確には、叩き起こそうとして無理だったので、蹴り起こした。

「夕べの内に、若いのには聞いときました。本人がバイクメンでよかったっすよ。太田っての、この辺じゃなくて、加須《かぞ》から車で来てたみてえっすから」

言いながら久住は、ラシャを敷いたテーブルの下から地図のコピーを引っ張り出して広げた。

加須は熊谷からは二十キロくらいの、利根川の下流域に当たる場所だ。

久住が取り出した地図には、その東北道のインター近くに赤い点が記されていた。

利根川の細流、中川と県道の交わる辺りだった。

地図の枠外に同じ赤で、住所と社名も書かれていた。

社名もズバリ、

「利根川モータース？　なんだい、久住。野郎はここにいるってかい？」

「でしょうね」

久住は頷いた。

「社名も書いてあるし、若いのは、行けば誰でもわかるって言ってました」

新海は口を開こうとして、ふと視界の端に動くものを捕らえた、気がした。

すぐに消えたが、人のようだと認識した。

隣の屋台の裏手だった。

唐揚げ屋だが、まだ準備はされていない。

実際に裏手に回ってみたが、誰もいなかった。

裏は歩道で、その先は生活道路のような路地だった。そこから各屋台に何本ものホースが伸びていた。

少し歩き、その路地も覗いてみた。

やはり、誰もいなかった。

「なんだ？　新海」

瀬川が寄ってきた。

新海は取り敢えず首を横に振った。

「いや」

言ってはみたが、訝しさはマックスだった。

かすかにだが、人の残り香があった。香水か何かか。

とにかく、屋台の唐揚げ屋の裏手でする匂いではなかった。

嫌な予感がした。

嫌な予感しかしなかった。

それで、

「瀬川。行くぞ」

と急き立てるような感じになった。

「ん？　ああ。おい、ちょっと待てよ。——久住、悪ぃな。次の成田、場所は融通すっからよ」

「へっへっ。じゃあ、静香姉さんの隣をよろしくぅ」

そんな遣り取りを背中に聞き流し、新海は中山道に走り出た。

流しのタクシーはすぐにはつかまらなかった。上り方面に歩きながら、結局乗り込んだのは駅への入り口付近だった。

「悪いが飛ばしてくれ。責任は持つ」

乗り込むなり、新海は警視庁の証票を出した。ドライバーは緊張しながらもアクセルを踏んだ。

新海は、フロントグラスから前を睨んだ。

向こう傷が、少しばかり冷えていた。

「なんだよ、新海」

瀬川はいきなりのバタつきに少々不服そうだったが、

「瀬川。ちょっと荒事になるかもしれない」

新海がそう言えば黙った。

阿吽《あうん》の呼吸に近い。

これは、付き合いの年数が作るものだ。

タクシーに乗り込んでから、三十分と経たずに地図の場所近くに到着した。

見事に畑だらけで何もないところだった。

遥か先に停車中のパジェロが一台見えるだけで、あとはただ吹きっ曝しの風が吹く畑が広がるばかりだ。

久住の言葉通り、たしかに大した説明がなくとも、利根川モーターズは来れば誰でもわかった。

見渡す限り畑だらけのど真ん中に、利根川モーターズはあった。地続きの畑の一角を、仮囲いの白い鋼板パネルで切り取っただけのような場所だった。

敷地は、ほぼ真四角に一辺が三十メートルはあるだろうか。

高さ二メートルほどの白い仮囲いには、でかでかと〈利根川モーターズ〉と書かれていた。

奥に、平屋の工場らしき建屋があるようだ。外からはその屋根だけが見えた。

入り口を探せば、同質の鋼材で出来たゲートらしきキャスターパネルが、わずかに開いていた。

新海は用心深く進んで覗き、すぐに瀬川を呼びながら飛び込んだ。

野晒しで積まれたパーツ群の奥に、建物に寄り掛かった太田がいた。

周囲を、険呑な雰囲気を身にまとった三人の男達に取り囲まれていた。

一人の手には、朝の陽に光るナイフが見えた。

新海は走った。

瀬川も遅れずついてきた。

三人の男らも、すぐ新海達に気づいたようだった。

太田もだ。

「あ、あれぇっ」

意外そうな声は間抜けに聞こえたが、気にしている場合ではなかった。

男らが横一列に散開した。

問答無用が見て取れた。

「瀬川。行けっ！」

新海は走りながらも、瀬川を前面に押し出し後ろに隠れた。

「んだよっ。俺はお前の鉄人かっ！」

「古いっ」

「新しけりゃいいってもんじゃねえやっ」
ナイフを前にしても、瀬川はなにも変わらなかった。
軽口も、走る速度も。
さすがというしかなかったが、わざわざ褒めはしない。
かえって、
「行けっ。ジャイアント○ボッ」
「マァァッ！」
瀬川は躊躇《ちゅうちょ》することなく、ど真ん中の男に飛び掛かった。
ナイフを持った男はその左にいた。
新海は瀬川の背からサイドステップで滑り出し、ナイフの男に向かった。
三人全部を任せるわけにはいかない。
瀬川がたとえレスラー顔負けでも民間人なら、新海も、バレると後々面倒な管轄外だが
一応は刑事だ。
風が流れ、ナイフ男から香水の匂いがした。
唐揚げ油の混ざらない、あの香水だった。
(なろ。やっぱりか)
嫌な予感は、的中だった。

男が躊躇なく突き出してくるナイフを、新海は大きく避けた。

なんの仕掛けがあるかわからない以上、直線上は大いに危険だった。

すぐにナイフは引かれた。

「おおさっ！」

合わせるように前に出た。

その距離なら呼吸が計れた。

柔道では大事だった。

ナイフを持つ手の袖口をつかんだ。

袖釣込腰《そでつりこみごし》に持っていく。

新海の利き手からすれば逆だが、どちらからでも技を打てるのが昔は強みだった。

「りゃっ！」

呼吸が合えば、人一人など簡単に宙を飛ぶ。

地響きと土埃。

ちょうどそのときだった。瀬川が二人目を殴り倒したときでもある。

入り口のパネルゲートをぶち破って、一台のＳＵＶが走り込んできた。

直前に目にしたパジェロのようだが、近くで見るとナンバーが消されていることがわかった。

敷地内に侵入してもパジェロのスピードは落ちなかった。

それどころかエンジンを唸らせつつ、真っ直ぐ突っ込んできた。

「うわ」

慌てて避けようとする新海達の直前で、いきなりパジェロはテールを振った。

タイヤの焼けた臭いがきつかった。

新海も瀬川も、顔をガードしながら飛び退いた。

「シャン・チェー！　クワァイ・ディエン！」

運転席の窓から顔を出したサングラスの男が、なにごとかを怒号のような声で叫んだ。

その辺に散らばっていた男らが、おそらく気力で立ち上がった。

中から開かれたドアの中に、男らは次々に飛び込んでいった。

見る限り、鍛えられた鮮やかな早さだった。

新海は、一歩二歩と前に進んだだけで、特にそれ以上追おうとは思わなかった。

パジェロには手掛かりとなるナンバーもなく、調べようにも、なにより加須は浅草東署の管轄外だ。

「んの野郎っ」

背後で、もの凄い音がした。

「痛《い》ってぇぇっ」

振り返れば、太田が頭を押さえてうずくまっていた。

その後、太田はもう一度繰り返すように、「痛てて っ」と言った。

「手前《てめ》ぇ」

瀬川はもう一度拳を振りかぶった。

「いい歳して、姉ちゃんの売り上げと組と仲間に迷惑掛けてんじゃねえっ！」

意味はわかるようでわからないが、勢いでもっともらしく聞こえた。

太田の旋毛《つむじ》の辺りを目掛け、瀬川は鉄拳を真上から落とした。

また、もの凄い音がした。

「痛ってぇえっ」

太田がたまらず両膝をついた。

その後、またもう一度繰り返すように、「痛てて っ」と言った。

「みんなが、どんだけお前ぇのことをよぉ」

まだ収まらないようで、そんなことを言いながら太田の襟首に伸ばそうとする瀬川の手を、新海は上から押さえた。

「なんでぇ。新海」

「ちょっと待った。なんかおかしい」

新海は太田の前に片膝をついた。

顔がまず腫れていた。ずいぶん殴られたようだ。

「こりゃまた派手にやられたもんだ。ああ。残念だなあ。誰かさんがすぐ起きれば、無傷で助けられたかもしれないけどねえ」

これ見よがしに言って、肩から順番に太田の身体に触れてゆく。

すぐにわかった。

太田がまた、「痛ててっ」と言った。脂汗も滴るようだった。

「ふむ」

「なんでぇ」

新海は顔を上げた。

「折れてはいないようだけど、打撲にしちゃあちょっとね。これ、肋骨にヒビ入ってるかも。右腕も」

「ちっ。骨がいってるってこたぁお前ぇ。こっからもまだ迷惑掛けますってぇ特急券じゃねえか」

瀬川が三度目の拳を落とした。

ただし、勢いは最前とは桁違いに弱かった。

それでも太田は「痛ててっ」と呻いた。

呻いて、

「ご迷惑、掛けてすんません」

と小声で言った。

瀬川は腕を組み、仁王立ちで天を仰いだ。

十八

太田が足代わりに使っていた車というのは、平成十二年製のミニクーパーだった。盗難車ではないという。

まあ、言われなくとも錆と汚れのバランスですぐにわかった。

「なんつーか。親父の、らしいんで」

死後はこの場所に放置されていたという。当然車検切れだ。

それをプレミア・パーツ復活を切っ掛けに、利根川モーターズの地主に頼んで太田の足代わりに現役に復帰させたのだ。

疑問は色々あったが、聞く前に太田がひと言でまとめた。

「親父がここも、取っ払いで借りてたんで。裏帳簿ってえか、そんなもんをお袋が死んでから見っけて。――その、なんてぇかな。へへっ。親父もね、個人営業の窃盗団だったみてえで」

淋しく笑う太田の顔を見れば、新海には深く聞くことは躊躇われた。

瀬川は畳み掛けようとしたが、脛を蹴って黙らせた。

死人に鞭を打つことはない。

ましてや、死んだ親父の裏の顔を、犯罪ではあれ、いや、犯罪だからこそ、息子に語らせることもない。

「太田。ここに大事なものは」

新海は辺りを見回した。

ドアはドア、バンパーはバンパーなどに一応分類はされているようだが、希少品か廃品かの区別は新海にはつかなかった。

「ないっす。携帯は持ってるし。飛ばしだけど。それ以外、ないっすよ。もう、なぁんも」

「そうか」

クーパーの後部座席に太田を寝かせ、運転席に瀬川を押し込んだ。

先程の一団が再来しないとも限らない。松濤会の連中も、公安もだ。

とにかく場所が埼玉では、何をするにも不自由だった。

「んだよ。俺が運転かよ」

「そういうこと。俺には他に、することがあるから」

仏頂面の瀬川はミニクーパーの運転席にみっちりとはまった。はみ出すかと思うほどだ。外から見るとなかなか面白い絵面だったが、チャチャは入れない。我慢する。

「じゃ、出ようか」

自分は助手席に座り、新海は都内を指示した。

加須インターが近いのは幸いだった。

太田は痛みからか、後部座席に乗せた途端、気絶したようになった。

高速道路上は順調だった。取り立てて大きな渋滞もなかった。

久喜白岡のＪＣＴを過ぎた辺りで、新海は携帯を取り出した。

掛けると相手は、すぐに出た。

「署長。今いいですか」

町村だった。

――いいよ。休みだけど。

「すいません。しかも。お願いです。説明一切なしで」

――何？　例の件？

「まあ、そういうことです」

――そう。じゃあ、いいよ。休みだから。

おお、至言にしてさすがだ。これからこの署長を使うときは、公休日にしよう。それが便利だ。

「近所で、と言ってもお分かりのように松濤会が絡むんで、面倒臭いことは言いません。とにかく、胡散臭いのぶっ込んでも平気な病院、知りませんか」

――病院って、怪我？　病気？

「怪我です。中程度の骨折、ですかね」

――ふうん。おやおや。あらあら。あっ。

気を持たせた後、町村は、

「後で掛け直すね」

と有無を言わさず電話を切った。

その後、掛かってきたのは約三十分後、浦和の料金所を通過しようとするときだった。

中野の東京警察病院、と町村は言った。

必要にして十分すぎる気もするが。

――ちょっと遠いけど、今ちょうど一係の増渕《ますぶち》君がね。

「増渕？」

増渕茂《しげる》は、新海より半年早く浅草東署に異動になった三十一歳の巡査部長だ。元は知能犯を扱う本庁の捜査第二課にいた。

それが、クールガイが多い二課にあって、お調子者が災いしたようだ。

腕っぷしがまったく弱いわりに前にも出たがり、渾名《あだな》はあろうことか〈タンカ〉だ。

「ああ。そういえばたしか」

杉並署の応援で入ったガサ入れでも調子に乗り、ヘナチョコな後ろ回し蹴りを階段の手摺りに見舞ったらしい。腓骨《ひこつ》骨折で担架で運ばれたと聞いていた。

――そう。東京警察病院だよ。偉そうに個室だからね。間借りを頼んだ。ただ寝かせとくのも勿体ないんでね。監視兼治療で一石二鳥だねえ。

「えっ。いや、本人はいいとして、いいんですか。そんなこと病院に勝手に決めて」

――勝手じゃないよ。整形外科の医長に連絡した。ちょっと私とは訳ありでねえ。そしたら、部長と一緒にゴルフ場だった。その場で部長から、いいよってさ。飯はつかないらしいけど。あははっ。でも、ラッキーだったねえ。

実は色々突っ込み所満載だが、「あははっ。でも、ラッキーだったねえ」に誤魔化されておくことにする。

――早めに、適当に説明だけはして欲しいねえ。今日は休みだし、まあ、明日も休みだけど。

「報告書で上げます。休日なので。有り難うございました」

礼を言って電話を切った。

「新海。お前ぇんとこの署長、なんだって？」

瀬川が聞いてきた。川口のＪＣＴが近かった。

「そうだな。じゃあ、外環で大泉に回ろうか」

「大泉だあ？　行先はどこでえ」

あまり言いたくなかったが、仕方ない。

「東京警察病院」

「うぇっ」

さすがに苦虫を噛み潰したような顔になり、瀬川は到着するまで無言になった。


話が通っていたようで、警察病院には救急外来から入った。

目を覚ました太田は、待機していた車椅子に自力で乗り込んで処置室に入った。

エックス線検査の結果、幸い胸部は打撲で済んでいたようだが、右腕は橈骨《とうこつ》の亀裂骨折と診断された。

治療を終えた太田は点滴の鎮痛薬の影響もあって、病室に入ってすぐ眠りについた。

ベッドは簡易な物を、強引に壁と増渕のベッドの間に差し込んだ。

見舞客や看護師は足元にしか立てない。

「明日、また来ます。すいませんけど今日一日は」

新海は、片足を振り上げたお決まりスタイルの増渕に頭を下げた。

長身で無精髭の増渕は、そのままの姿勢で胸を叩いた。

「任せろ。長期離脱で、本当に心苦しいと思ってたところだ。大船に乗った気でいていいぞ。大船、巨大な奴」

「はあ。大船ですか」

係留されて動けない大船に乗ってもどこにも動けない。

いや、この場合どこにも動かないのが先決で、動けないのは正しいことか。

……。

いけない、いけない。少し疲れているかもしれない。

新海は増渕に太田のことを重ねて頼み、病室を後にした。

瀬川は最初から、一歩も病院に入ってこなかった。

相性がよぉ、覚悟がよぉ、とうるさかったから放っておいた。

ミニクーパーの運転席にみっちり収まったまま、大人しく待っていた。

「明日は覚悟決めて入れよ」「明日は気合入れて入るぞ」

これは、ほぼ同時だった。

互いに苦笑し、新海は瀬川を助手席に回し、自分が運転した。

太田のミニクーパーは念のため、浅草東署に留め置くことにしたからだ。

雷門の前で瀬川を降ろした。

「呑むぜ」

降り掛けに瀬川は言った。

誘いではなく断言だった。

「――そうだな。ま、いいだろう。報告書を作ったら向かうよ」

まだ陽は高かったが、世の中的には土曜日は休日に近い。待ち合わせ場所と時間を決めていったん別れた。

そのまま新海は、署の駐車場にミニクーパーを停めた。

三階に上がってみた。

超小規模署の土曜日ということもあり、大部屋は笑うほどに閑散としていた。

自身が受け持つ三係に至っては一人もいなかった。

奥に勅使河原の姿が見えた。

今日の将棋の相手は、警務課の係長だった。

勅使河原が片手を上げげた。

「仕事かい」

「はい」

それだけで通じた。

新海は机上のＰＣを起動させ、一連の報告書を作成した。

時系列で打ち込むと、見えてくるものもある。

報告書は記録として知らしめるだけでなく、記憶を整理する意味でも必要だ。

竹下の死、吉岡の危うさ、太田の失踪。

自動車窃盗事件、殺人事件、傷害事件、公務執行妨害。

やばい筋、松濤会、公安。

約一時間で書き終えた。

署内ネットワークで署長のＰＣに送り、それで終了だった。

署長は署長自身で構築したネットワークにより、どこにいても確認できる。

新海は自分のＰＣを閉じ、立ち上がった。

すると、

「ああ。新海係長」

背中に勅使河原の声が掛かった。

「はい？」

振り返ると、勅使河原は特にこちらを見てはいなかった。

だが、

「係長。一係から三係まで、ここのみんな、いいね。言わなくても動くよ。言われたときのために。今のところ遊んでるのは、一係の増渕君くらいのもんかね」

わははっ、と警務課の係長は笑い、手の内で持ち駒を弄びながら「違《ちげ》えねえ」と囃した。

新海は無言で頭を下げた。

勅使河原は将棋ばかりの男ではない。よく見ている。

「へへっ。課長。王手っと」

「あっ。ちょ、ちょっと待てない？」

なるほど、弱いのは盤上ばかりに集中しているわけではないからか。

そう思えば、少しばかり笑えた。

この夜、新海は珍しく深酒をした。

――なあ、瀬川。お前のネットワーク、いいな。テキ屋の結束、凄いな。でもよ、俺も負けてないぞ。うちの三係、いや、うちの署な。いいぞ。変わり者とかはぐれ者とか多いけどな。それだけじゃないって言うか、それだからいいって言うか、勅使河原課長も言ってたぞ。わからないかなあ。え？　俺？　俺はわからないからもう寝る。

そんなことを口走っていたと瀬川に聞いたのは翌朝、九時近くのことだった。

瀬川の部屋だ。新海はベッドに寝かされていた。

ちなみに瀬川は床だったらしい。

「おら。チェックアウトするぜ。グズグズすんな」

急かされ、洗面所で身繕いだけはする。

その間、瀬川はMSGのバッグを担いで待っていた。

「ん？ チェックアウトって？」

「ああ。俺ぁ、成田に帰らなきゃなんねえんだ。多古《たこ》の祇園が始まるもんでよ。組の衆はいいって言ってくれっけど、せめて明日の送り出しくれぇはな。まあ、すんなり任せらんねえなぁ、これぁ俺の性分だわ」

たしかに。

いいも悪いも綯《な》い交ぜにして、それが瀬川藤太という男だ。

「そうか」

頷くと腹が鳴った。

瀬川が笑った。

「駅前のよ、立ち食い食ってから行くか。気にはなってたんだ」

瀬川が先に立って一階に降りた。

九時を少し回っていた。

時間的に、ちょうどチェックアウトラッシュだった。

フロントの前には、大半がアジアからの外国人の、長くも喧しい列が出来ていた。

十九

　この日は電車を使った。

　中野の警察病院に到着したのは、午前十時半過ぎだった。チェックアウトに手間取ったからだ。

　日曜日の総合病院は、見るからに見舞客が多かった。

「うっしゃっ」

　この日はエントランスに入る前から、新海の隣で瀬川の気合は全開だった。

　東京警察病院は広く開かれた民間病院だが、病院自体が持つ雰囲気と警察病院の名称は、瀬川にはどちらも緊張を強いるものだったようだ。

〈病院＋警察〉に対抗するため、瀬川は普段以上に〈健康ヤクザ〉のオーラを出しまくりだった。

　病院の中を歩くだけで見舞客や医師だけでなく、看護師や患者にまで避けられる人間もなかなかいない。

　病室に入ると、増渕は起きて本を読んでいた。

　太田は毛布にくるまったままだが、寝てはいないようだった。

新海達が入室すると、その気配に少しだけ身をくねらせるようにして動いた。

「お早うございます」

新海が代表して挨拶をした。

「早くもないが、まあ、お早うのうちか」

増渕は本を置いた。

「で、早速だけど係長。この男に話を聞くんだろ」

「はい」

「じゃあ、外よりはここがいいな。日曜日で、あちこち健康と不健康が入り交じって人が多いからな」

さすがに元本庁捜査第二課にいただけのことはある。この辺の呼吸は、打ち合わせたように滑らかだ。

増渕は牽引ベルトから足を外し、ごそごそと動き出した。

慣れた手付きで松葉杖を取り、ベッドから降りる。

「天気がいい。リハビリがてら庭に出る。終わったら声を掛けてくれ」

「有り難うございます」

スリッパの音が遠ざかると、「おい」と瀬川が毛布の盛り上がりに声を掛けた。

「へへっ。どうも」

太田が顔を出した。

顔色は悪くなかった。点滴も、もう外れていた。

「ほらよ」

瀬川は途中で寄ったコンビニの袋を放った。

握り飯やサンドイッチ、緑茶のペットボトルが入っている。

「おっ。有り難ぇ」

太田はすぐに食べ始めた。

「なんたって、一昨日の夜食ったきりだ。さすがに腹ぁ、減りましたね。今なら、姉さんの焼きそばでも三十は食えそうっすよ」

「お前ぇ、病院でまであんなよ、身体に悪そうなもんの話すんな」

瀬川が窓際に立て掛けられたパイプ椅子の一脚を新海に回してきた。自分の分も出す。

新海は一歩退いた側、スライドドアの方に寄り、足を組んで座った。

そもそもこの一件は瀬川からの依頼で、金主も瀬川だ。太田と話をするアドバンテージは、瀬川にあるだろう。

それで退いた。

瀬川はしばらく、一心不乱に頬張る太田を見ていた。

仁慈に溢れた目だった。

なんというか、いや、立場上なんとも言えないが、瀬川に親分の貫禄、風格のようなものが見えた。

「手前ぇ。いつまでも馬鹿やってんじゃねえよ」

「ふいあへん」

「まずは組に顔出してよ、スジ通せ。そっからだ」

「ぶえっ！」

太田は口中のサンドイッチをペットボトルの緑茶で流し込むようにした。

口の端をぬぐい、哀願するように顔を上げる。

「で、でもよ。武州の若頭ぁ」

瀬川は遮るようにデカい掌を出した。

ただし、傷病人に対するからか、口調はまだ穏やかだ。

「でもじゃねえぞ。太田」

ゆっくりと首を振った。

「なにごとも筋道、道理ってやつだ。お天道様に恥じねえ。こりゃあ、テキ屋の鉄則だ。スジ、通せよ。組に行って、頭ぁ下げろ。なぁに、俺も一緒だ。悪いようにはしねえ」

「いや、でもよ」

「大丈夫だ。エンコも飛ばさしゃしねえ」

エンコ、主に小指のことだ。

「今日びな、昔と違ってそんなもん流行らねえからな。漬物にもならねえしよ。金にもならねえ」

「で、でもよ」

太田がそう重ねた途端、瀬川のこめかみにいきなり血管が浮き上がった。

秒速だった。よく切れないものだと感心する。

「手前ぇ！　でもでもでもでもってよぉっ、煩《うる》っせぇぞコラッ」

新海は思わず顔をしかめた。

鍛えたテキ屋の大音声を密室で聞いた。

スライドドアが震えるほどの威力だった。

「煩っせぇったって。ぶ、武州の若頭、頼ったさ。でもよ、あ、朝森さんも組も、なにもしちゃくれなかった。それだけじゃねえよ。たぶん俺らぁ、う、売られたんだ。行ったら、い、行ったらよぉ、殺されちまうよぉっ！」

太田はおそらく、今精一杯の声で告げた。

胸も腕もやられている。

声の大きさは瀬川の三分の一にも満たない。

それでも、心からの叫びは通る。

血の気の多いテキ屋のこめかみを、一瞬で沈めるほどに。

こちらも秒速だった。

暫時の間があった。

「なんだぁ」

瀬川の声が、底まで冷えていた。

ここからはテキ屋ではなく、真っ当なヤクザの領分か。

声に輝きはなく、ただ冷えて、暗く地を這うようだった。

「お前ぇら、一体全体、なにやらかしやがったんだ」

「そ、それが」

太田は言い淀んだ。どうにも言いづらそうだった。

「――太田、よぉ」

低い一声とともに、瀬川は白くなるほど拳を握り込んだ。

怒鳴られるより、遥かに怖い。

「じ、実は、盗んでバラした車のドアの内張りの中から」

大量のシャブが出てきたんす、と太田は目を固く閉じ、吐き出すように言った。

「えっ。覚せい剤っ」

新海の尻が思わずパイプ椅子から浮いた。

「そうなんす。で、最初は有頂天になっちまって。俺も竹ちゃんも、吉岡も。すいませんっ」

太田は勢いよくベッドに前のめりに頭を下げた。

すぐに胸を押さえて呻いた。

「このっ」

瀬川は白んだ拳を振り上げたが、行き場を見失ったようだった。自分の太腿を叩いた。

「馬っ鹿野郎」

太田はすぐに顔を上げた。

「そうなんで。だから隠したんだけど、すぐにその半端じゃねえ量に竹ちゃんがビビっちまって、返そうって言い出して」

「返す？」

新海が反応した。

そうなんです、と太田は頷いた。

「ビビってって、どれくらいだ」

苦虫を噛み潰したような顔で瀬川が聞いた。

「百七十サイズの段ボール二つじゃあ入りきらなかったっすね。それに百サイズを足して少し余った程度で」

「――わからねえが。どんなもんだ」

「あ、この数字ぁ、縦横高さの合計で」

「箱の大きさじゃねえ。ってぇか、箱で言うな。重さで言え」

「ああ」

太田は左手で虚空を計るように動かし、

「二十キロ超え二つと十キロ、いや、十五キロ。合計すっと、六十キロ近くはあったんじゃねえかなあ」

と指を折った。

純度にも因《よ》って相場は動くが、グラム五万円だと仮定すれば、末端価格で約三十億だ。

それでも今は、値下がり傾向だと聞いたことを新海は思い出した。

そんな金額を新海が呟けば、

「なんだぁ。三、三十億だぁ」

と瀬川が増幅した。

太田はなぜか得意げに胸を張った。

そしてまた呻いた。

「痛てて。そう、けど凄いっしょ。だから俺らぁ反対したんだ。今さら危ねぇし。そしたら六月の終わりの頃だった。竹ちゃん、サンプル用にいくつか小袋にしといたシャブを会社の金庫から引っ張り出したみてえで。小袋っても、どうすかね。売りようによっちゃ、一千万くらいはあったかな。ちょうど昼飯から帰った吉岡が見っけて、何してんすかって聞いたら」

――悪ぃな。もう話は出来てんだ。吉岡、お前ぇも逃げろ。ここぁ、泥船だぜぇ。

そんな捨て台詞で、そのまま飛び出していったという。

「会社ってな、あれか。千束の、お前ぇの」

「ええ。それでそんとき俺ぁ駐車場にいて。吉岡に呼ばれて二人で竹ちゃんのことを追っ掛けたんだ。馬鹿なこたぁ止《や》めろって」

「馬ぁ鹿。馬鹿はお前だっ」

瀬川が一喝する。

太田は肩を落とし、すぐに萎んだ。

「結果的にゃあ、そうなんすよね。俺らが追っ掛けたら、竹ちゃん真っ直ぐ国際通りに出てよ。今更だけど、追いつけてりゃあって思うんすよ。もう少しだった。けど、届かなかった。――ビューホテルの前に、厳ついサングラスのわけのわかんねえ連中がいて、昨日のパジェロが停まっていて。竹ちゃんが、持ってったシャブを売るつもりだったのか、返して見逃して貰うつもりだったのかはわかんねえけど……」

太田が首を振り、俯いた。

「乗せられて連れて行かれた、と」

新海が口を開いた。

太田は頷いた。

その日から吉岡と二人、近場のビジネスホテルを泊まり歩いたという。

そして、三日後だった。

「着替えのこともあったし、夜んなってから一回家に戻ろうと思って。何も起こらなかったし、気も抜けた感じで。そしたら」

家の近く、第三日暮里小前の交差点をちょうど曲がろうとするパジェロを見たらしい。

停まったのは太田の家の真横だった。それで、すぐに吉岡に連絡したという。

会社の近くに、融通の利くレンタカー屋があった。

吉岡に、二五〇ccのロードバイクを借りてこさせた。

「逆に後をつけて、どこのどいつか突き止めてやろうと思ったんすけど」

六時間、七時間粘って夜明け前に動き出したパジェロが、次に停まったのは向島の桜橋の袂《たもと》だった。

桜橋は両岸の隅田公園を結ぶ、大きな歩行者専用橋だ。

時間的にはもう、東雲《しののめ》の頃合いだったという。

「覆面と帽子の三人組が降りてきて、なんか抱えて、橋桁に寄ってって……捨てたんすよ。

こっちゃあ、二ケツのバイクで川下でした。こっちに気付かねえで、すぐに奴らぁ動き出しましたけどね。俺らぁ、動けなかった。捨てられたなぁ、間違いねえ。竹ちゃんだった。ニュースになる前の日だったけどよ。顔はグチャグチャで真っ裸だったけどよ。他にいねえよ。ありゃあ、竹ちゃんだ。竹ちゃんがこう、プッカリプッカリとさ、浮かんだり沈んだりして、流れてきてよ。……流れてっちまったんだ」

太田の声が、少し湿って聞こえた。

「そうかい。じゃあ、たぶんその後なんだろうな。パジェロの連中が松濤会に怒鳴り込んだってなあ」

太田は肩を震わせ、鼻をすすり、それには答えなかった。

瀬川が新海の方を見た。

新海はうなずいて立ち上がった。

「飯食い終わったなら、食後の珈琲でも買ってくるか」

スライドドアを引く。

――辛《つれ》えよな。ただ送るのも。なあ、太田よぉ。

そんな声が背に聞こえた。

ヤクザとチンピラに与える少しの時間。

その代わり、戻ったら刑事の時間を始めると、新海は心に決めていた。

二十

小さな缶珈琲を三つ、買って戻った。

三人で飲む。

太田はひと息ついた。落ち着いたようだった。

「太田、いいかい。吉岡のことも聞かせてもらおうか」

新海が促した。

「へっ。吉岡もね、同じことですよ。たぶん。――竹ちゃん見送って、ホテル帰ってちょっと寝て、起きたら」

太田は珈琲を飲み干した。

「シャブね。もう返しようもねえってわかったし、俺ぁ悔しいから、叩き売りでもなんでも、とにかく売ってやろうって言ったんだ。そしたら吉岡の奴、さすがに竹ちゃんのことで怖気づいちまってて。太田さんにゃあ、もうついていけねえ。朝森さんを頼るって言って」

「朝森？」

口にしたのは新海だが、瀬川も派手に顔を顰めた。

朝森は、本物のヤクザだ。

「そう。何度か呑み屋で顔合わせたことあって。奢ってくれたりして。そんときに、一緒にいた吉岡も紹介したんすよ。たしかに、なんかあったら俺んとこ来いやぁなんて言われてたっけ。そんで吉岡の奴ぁ、出ていっちまった。バイク返して、その足で組事務所に行くって」

このとき太田達が泊まっていたのは、北千住にあるホテルだったようだ。

会社の近くまで行ってバイクを返し、徒歩で松濤会本部まで行こうとするなら、おそらく一時間半以上は掛かるだろう。

「だから俺ぁ、腹ぁ括って朝森さんに連絡したんだ。恥を忍んで事情を話して、吉岡が行ったら匿ってやって下さいって。そしたら急に、朝森さんが猫撫で声になっちまって。ありゃあ、駄目なんだ。ねえ、刑事さん。駄目なんですよ」

――おう。いいぜぇ。任せとけ。ははっ。太田、頑張らねぇで、お前も来りゃいいじゃねえか。なぁに。どんと来いだぜ。窮鳥、懐に入っちまったらこっちのもんだって言うしよ。あれ、違ったかな。ま、いいや。大丈夫。金輪際、うちの親が出てきたって差し出すもんじゃねぇや。大船に乗った気でいて、いいんだぜぇ。おう、特上の寿司でも取るかい？

なんなら、鰻重にすっか？　肝吸いもつけるぞ。

そんなことを立て板に水で喚いていたらしい。

「刑事さん。俺ぁ考えなしっすけどね、あれぁ知ってんですよ。朝森さんが猫んなるときゃあ、良からぬこと考えてるときだって。それに鰻で肝吸いまでつけた日にゃあ、腹ん中真っ黒なんで。俺ぁ、何度か出前させられましたから」

「へぇぇ」

この感嘆は、新海と瀬川のユニゾンだった。

いかにも朝森っぽいが、よくぞ見抜いたと心底から感心した。

これは朝森の反応として、覚えておいた方がよさそうだ。

「俺ぁ、だからすぐに吉岡に電話したんす。戻れとは言わねえ。けど、朝森さんとこは行くな。そのまま逃げろって。組も危ねぇって」

ベッドの上で、太田の左拳が握られた。

「で、どうなった」

瀬川が言葉を挟んだが、太田は首を振った。

「携帯も二度とは繋がらなかった。ああ、すぐに切れたけど、一回だけ繋がったんだ。ただ――」

太田は語尾に溜息を交ぜた。

「ただ。なんだよ」

瀬川も珈琲を飲み干した。

「昨日の連中のあれ、あのサングラス男の声。あれって、中国語か何かっすよね。同じようなイントネーションの声が、電話の向こうから聞こえたんすよ。聞こえて切れて、電源も落ちて、それっきりで」

「なんだぁ。じゃあ、その吉岡は……」

瀬川の問いは不毛だったろう。

暫時、誰も何も言わなかった。

新海は天井を睨んだ。

シャン・チェー！　クワァイ・ディエン！

それは太田が言うとおり、中国語だった。

聞いた通りのカタカナを昨日、星川にＬＩＮＥで送った。

元組対ということもあり、星川は中国語に堪能だと聞いていた。

すぐに返事があった。

〈乗れ、早くしろ。くらいの意味合いでしょうか。係長、なんかやばいことになってんですか〉

〈なんでもないよ〉

で、テヘペロな感じのスタンプを送る。

それほど軽い事態ではないが、軽くないからこそテヘペロだ。

中国語、覚せい剤、松濤会。

勝手に始めた人捜しが、あらぬ方向に向かっている。

というか、想像もしなかったほど闇に深く根を張っている。

ここまで来ると何かあったとき、もう責任は自分で、あるいは自分に対してだけしか取れない。

たとえ部下であっても、巻き込むわけにはいかない。

「あれっしょ。吉岡もきっと、もう鱶《ふか》の餌っすかね。死体が見つかったって聞かねえし。へへっ。墨堤で浮かんだ分だけ、竹ちゃんの方が幸せってもんかもね」

まずぼそりと口を開いたのは、太田だった。

「だから、武州の若頭。俺らじゃねえっすよ。最初に見限ったのはあっちだ。売られちまうって言ったのは、そういうことなんだ」

瀬川は答える代わりに、おもむろに腕を組んだ。

顔つきを見れば新海にはわかった。

瀬川にとって、松濤会は他人ではない。

そんなところの非道が、痛いほど心に刺さっているのだ。

本当なら、頭を下げたいのかもしれない。

両手をついて、すまねえ、と。

だから腕を組んで、隠したのだ。

「で、元凶のシャブは？」

新海は太田に向き直った。

「俺が借りたレンタル倉庫に。東品川の方にあるんすけど。そこに入れっぱでした」

「なんだぁ」

衝動が去ったようで、瀬川は組んだ腕を解いた。

この辺の切り替えは早い。

「置きっぱってお前ぇ。結局はそれをどうするつもりだったんだよ」

「へへっ」

太田は首を竦め、舌を出した。

「持ち腐れもなんなんで、けっこう、マジに売ろうかなぁなんて」

「手前ぇっ」

瀬川は拳骨を固めた。

「だ、だって武州の若頭。売ったら三十億ですよ。十分の一で叩き売ったって三億だ。姉さんの焼きそばも、屋台ごと何台だって買えるんすよっ」

「馬ぁ鹿。屋台買ってどうすんだよ。次が作れねえじゃねえか」

「！　あ、そっか。しまったなあ」

よくわからない言い合いのうちに、瀬川は拳を開いた。

さすがに怪我人を本気で殴る気はなかったようだ、と思いたい。

「ま、ぼろ儲けのお大尽と、ぼろ屑みてぇな死に方ぁ、紙一重だけどな」

言い得て妙にして惨い瀬川の言葉に、太田の肩が縮こまる。

「なんにしてもよ、これ以上危ねぇこと考えんじゃねえぜ」

「考えませんよ。だから倉庫にも近づいてないんですから」

「ああ。太田。そのことだけど」

新海は手を上げた。

「竹下たちも、その倉庫のことは知ってるのか？」

「当たり前でしょうが。俺らぁ、一心同体の商売ですよ」

即答だったが、気持ちの純粋さと商売の疚《やま》しさが合っていないところが惜しい。

「でも、テンキーの暗証番号は誰も知らないんすよ」

「ん？　誰も？」

「知らないってぇか、覚えられなくて。なんたって、十五ケタですからね。だから代表して、俺がスマホのＳＤに画像で入れてんですけど」

新海は瀬川と顔を見合わせた。

そういうことか。

「なるほどね。お前ぇが追われるわけだ」

新海は腕を組んだ。瀬川も顎をさすりながら厳しい顔だ。

車の持ち主は当然、竹下から聞き出した太田を追う。

太田の連絡によってシャブのことを知った松濤会も太田を追う。

特に松濤会に関しては、太田の話によればおそらく吉岡を相手方に差し出している。

命一つを手土産にした、時間稼ぎか。

その間に全力で太田を捜し出す。

あるいは相手方に捜させる。

どちらにせよ最終的に、太田本人は相手方に渡して松濤会本部の面子は保ち、シャブは組でガメる一手だろう。

そのうえで脅し紛いに、ガメたシャブを相手方に高値で引き取らせる。

まあ今日びの腰が引けたヤクザなら、危険を冒して自分らのルートで売り捌くよりはこっちが本筋か。

ああ、そう思えば、吉岡は餌だったかもしれない。

食いついてきた相手の吉岡に対する仕打ちを、証拠とともに入手しておく。

相手が吉岡を殺してくれれば最高だろう。

グラム五万のシャブが、天井知らずで売れる。

と、新海が思い至るのとほぼ同時に瀬川が唸った。

「こういうなぁ、なんてったかな。魚、ギョリ、おっ、アプリか」

なにやら意味は通じないが、言いたいことは分かった。

これも、阿吽の呼吸というやつだ。

同じことを思考し、同じ結論に達したようだと思うと少し情けない気も、しないでもない。

「アプリじゃない。ちなみに、サプリでもないぞ。漁夫の利だ」

「……ああ、はいはい。さいですか」

拗ねても可愛くないから瀬川は放っておく。

「太田。じゃあ、車の持ち主については？」

太田は首を振った。

「全然わかんないっすよ。いつも、そのとき目についたのを狙うんで。長く追っかけたりもしねえし。足がつくから」

「けっ。そっちの収穫ぁ、なしか」

瀬川は足を投げ出したが、新海は逆の動きで前屈みになった。

「いや。そうでもないぞ」

「──なんだぁ」

瀬川が顔だけ伸びをしながら言った。

少し飽きても来たか。

「なあ太田。竹下は、すぐにビビって返そうって言ったんだよな」

新海が聞いた。

「え、あ、そうですけど」

「それが気になって考えた。返す当てがあったってことだろ」

瀬川の目が動いた。

太田も同様だ。

……。

少し待ったが、そこから先の反応はなかった。

「車検証だな。あるいは保険証券」

瀬川の目の動きが止まった。

太田も同様だ。

——あ。

テキ屋とチンピラの答えは、揃って響いた。

二十一

「保管してるか？」

新海は単刀直入に聞いた。

「ええっと、ああ」

太田の首は、縦に動いた。

「へへっ。保管って言うか、その辺に放り出してあるだけですけど」

「どこだ。会社か」

「え、あ、いや。その——利根川モーターズで」

太田は申し訳なさそうに首を竦め、

「あんだぁ。手前ぇ、大事なもんはねえっつったじゃねえか」

瀬川は怒鳴ったが、新海は別に驚かない。予想は出来た。

どちらかと言えば刑事として、そのとき思い至らなかったのは自分の未熟だ。

「じゃあ、そっちは俺達がやる」

新海は胸を張り加減で言ったが、瀬川は長い溜息をついた。

「違ってこたぁ、やっぱりこれから行くんだよな。俺も。また加須に」

「そういうこと。お前が振ってきたんだ。付き合え。っていうか、民間人ながら、危ない橋に付き合わせられるのはお前くらいしかいない」

「へぇいへい、っとくらあ」

答えは軽くとも、決めれば動く。

それが瀬川だと古くから知る。

新海はパイプ椅子から立ち上がった。

「太田、あいつらから盗った車種は？」

「クライスラーの300Sです。グロスブラックの」

「他にクライスラーは？」

「いえ。ここんとこないっす」

「決まりだ」

新海はポケットから、おもむろに携帯を取り出した。

「太田。もう自分でもわかるよな。こうなったら、お前は警察が一番安全だ」

「うへぇ。やっぱりそっちかぁ」

瀬川も立ち上がった。

「死ぬよりはいいだろうよ。取り敢えず東品川か？　そこのレンタル倉庫の覚せい剤、手放せ。いや、窃盗の話も込みだな。洗いざらい全部だ。それで少なくとも、松濤会関係は止まる。いや、俺が朝森を止めてやるよ」

「――しょうがないっすよね。まあ、年貢の納め時ってやつかな」

力なく、太田は頷いた。

「馬ぁ鹿」

落胆する太田の丸まった背中に、瀬川はデカい手を置いた。

「まだ若《わけ》ぇんだ。再スタートでダッシュ。おう、そうだ。警察行ったらよ。カツ丼食わしてもらえ。パワーつけてよ。そんでダッシュだ。一生懸命やんなら、誰が誰だって負けねえ。誰が誰だろうと追いつくってもんだ」

瀬川は太田に携帯を出させ、自分の番号を打ち込んだ。

ワン切りする。

「なんかあったら掛けてこい。明日でも、一年後でも、十年後でも。困ったらよ、いつでもだ」

「若頭。――へへっ。――すいません」

湿っぽいそんな遣り取りを聞きながら、署に電話を掛ける。

こちらはカラリと、一発で一瞬で繋がった。

日曜なのに。

訝しむ前に、すぐ理由はわかった。

――はいよぉ。はいさぁ。

町村だった。

「あら。署長」

――うふふっ。そんな段取りかと思ってね。出てたよ。どうせ休みだから。

「すいません」

意表は突かれたが、町村ならあるか。

ならば新海も、今のうちに意表を突いておこう。

「あの、署長。いいですか」

――うん？　いいよ。

「報告書の内容以外にですね。ええと、その」

――おっと、勿体つけるね。何々？

「シャブも絡んじゃいました」

わずかな間があった。

――ほえ？

「末端価格で約三十億円分ほど。あと、九分九厘で中国人グループも」

わずかな間の十倍くらいの間があった。

ただ、それくらいですんだのはさすがだ。

新海が上司だったら卒倒しないまでも、間違いなく怒鳴る。

それを町村は、

――そうね。聞かなかったってことでもいいかな。ほら、休みだからねえ。

と、ほっこりと何もないことにした。

まあ、署長が良いというならそれでいいか。

世話好き、お節介と言われて久しく、自分でも性分だと諦めもあるが、最近は少しずつ流すことも覚えた。

町村の影響は、絶大だ。

――で、新海君。そっちの聴取はもういいのかな。

「あ、はい」

――じゃあ、準備が出来たら、下に降りて。ロビーに向かわせるから。

もう意表は突かれない。

そういう優れ者と思って流れに乗れば、署長が言っていた段取りも見える。だから今のうちにと、シャブの話を切り出したのだ。

「本署ですね。組対ですか」

本署は、浅草署だ。

極小規模の浅草東署には留置場がない。

刑事としての権限の前に、まず逮捕しても寝泊まりが出来ないのだ。

——本署は当たり。でも組対だけじゃないって言うか、刑事課もだけど、本署だけじゃないねえ。

「え。ああ、なるほど。捜査本部も」

——そう。がっつり本署の手柄ってことで、話が回ったらしいねえ。まあ、本署もこっちになんにもなしじゃ気が引けたのか、太刀川君、本部へ名指しで連行の運転手だってさ。それで抜擢だって。まったく、小規模の下々は辛いねえ。まあ、三十億のシャブも絡むなら、さすがにちょっと癪だから、少ぅしだけゴネようかなぁなんて。ははっ。

「はあ」

——ねえ、新海君。聞きたい？

「いえ。では」

それで通話は終了だった。

聞けば深みにはまる気がした。

瀬川らを促し、ロビーに降りる。

隅の方に松葉杖の増渕と、浅草署の刑事課にいる梶ヶ谷《かじがや》という同期と、見たことがある組対の刑事がいた。

「へっ。刑事の固まりは苦手だぁな」

そんなことを口にして、いったん瀬川が離れた。

新海が近づくと、全員が思い思いの挨拶をした。

署の規模・年齢、色々あるが、警部補は新海だけだった。

「では、お預かりします」

組対の刑事がそう言った。

新海とは関係が一番遠い分、口調は丁寧だったが冷ややかだ。

エントランス前にバンが回ってきた。

運転席で太刀川が頭を下げた。

太田を乗せたバンがエントランスを離れる。

まずはひと安心だ。

なんだかんだ言って、人の命を守るのが警察の大前提だ。

増渕と並んで見送っていると、ＭＳＧバッグを揺らしながら瀬川が大股で寄ってきて新海を引き摺る。

「オラ。チャッチャと行くぞ。今日中には成田に帰んだから。じゃあ、あんたもお大事にな」

「え。ああ。あの、係長、気をつけて」

「了解。どうも」

適当な挨拶で増渕と別れ、新海は強引な瀬川と病院を出た。

電車を乗り継いで久喜に回る頃、携帯に連絡が入った。

捜査本部の富田からだった。

——係長。太田の身柄、確認したよ。

「あら。富田さんも関わったんですか?」

——そうなんだ。なんかうちの署長が、捜査本部の山城《やましろ》管理官と向島の大野《おおの》署長に電話したらしくて。そしたらなぜかよ、一番後ろから最前列だ。

どこが少ぅしだけゴネようか、だ。

いや、町村のゴネのスケールが巨大すぎるのか。

それにしても——。

「なんか、怪しいかな」

だろう、と富田は強く言った。

——だから、自分から真ん中くらいに引いたんだ。費用対効果ってぇか、バーターってぇか、需給のバランスってぇか、なんにしろ背負わされるもんがいきなりデカ過ぎる気がして。

「おお。いいですね。良い判断だと思いますよ」

——ただ、町村君の口利きだ。なんとか、良い感じで手伝ってくれたまえ、なぁんて管理官に拝まれちゃあな。で、最低限、聴取だけは付き合うことになったんだが。

「あ、そうですか」

――でよ。どうすりゃいいんだ？　いや、どこまでやっていいんだ？　こりゃあよ。係長が身銭切った案件じゃねぇか。俺もその、あれだよ。千円貰ってるし。

可愛いものだ。

いや、富田の風貌ではない。

金額と心根が可愛らしい。

「聴取、いいじゃないですか。どんどん進んじゃって下さい」

――ああ。いいんだな？

「ええ。けど取り敢えず、全体がまだわからないんで、のんびり延長まで考えといてもらえると助かります」

――ははあ。どんどんで、のんびり、ね。なあ係長、それってよ、難しくねえか？

「他の人なら。相手が富田さんじゃなきゃ頼みませんよ」

――任せろ。へっ。軽いもんだぜ。

そういう連中の操作こそ、新海には軽いものだ。

「ああ、それと、太田にはカツ丼食わせてやってください。右腕の亀裂骨折は間違いないですし、なんかパワーとかダッシュとか、そんな話になってますから。代金はあとで俺が払いますから」

──了解。じゃあ、どうする。上にしとくか。それとも特上か。

「なに言ってんですか。コンビニで十分です。コンビニと水で」

──なんだい。可哀そうじゃねえか。せめてお茶くらい。

俺が出すよ、と言って富田は電話を切った。

新海は携帯をじっと見詰めた。

「水って、駄目かな」

なにか、自分がこの世で一番みみっちい男になったような気が、ほんの少しだけした。

二十二

利根川モーターズへは、電車でとなると東武伊勢崎線の花崎が最寄りだった。昼食は乗り換えの久喜の立ち食い蕎麦で済ませた。

一時前には花崎に到着し、駅前の雑貨屋で軍手を買った。

その後、一キロと少しの道程を瀬川と二人で向かう。

風がだいぶ強く吹いていた。畑から畑へと道路を渡る砂塵が途切れず、少し空も黄色かった。

風の分涼しいかと思いきや、熱砂だった。

熱い砂がひたすら痛かった。

辿り着いた利根川モーターズの有様は、前日のままだった。パジェロが突っ込んだパネルゲートは蝶番《ちょうつがい》がねじ曲がって内側に傾き、吹く風に揺れては苦鳴のような軋みを立てていた。

「けっ。誰もいねえと寂しいとこだな。ここぁ」

「ちょっと待った」

新海は、ゲートに手を出そうとする瀬川を制した。

おもむろに取り出したラテックスの手袋をし、駅前で買った軍手を瀬川に投げる。

「面倒臭いのは嫌だろ。まずはそれつけろ。で、余計なものには触るな」

明日になれば間違いなく向島署の捜査本部から誰かが派遣されてくる。

捜査を混乱させるのは本意ではない。車検証や保険証券が確認出来ればそれで良い。

まあ、写真くらいは撮るかも知れないが。

乗り掛かった船から降りて見送るという考え方は、新海にはまったくない。

――俺は真っ直ぐに、一生懸命に生きてる。お前はどうだい？　胸、張れるかい？

新海の父・久志は、坂崎への苛めを見て見ぬフリの息子を風呂に呼び、幼い手に背を洗わせながらそんなことを聞いた。

新海にとって額の向こう傷とともに、この言葉は今でもいつでも、刑事としてというより、人としての基本だった。

瀬川が軍手をするのを確認し、新海は先に立って利根川モーターズの敷地に入った。

積み上げられたパーツ類は無視し、開けっ放しのシャッターの方に進む。

「ふぅん」

入ってみると中は意外に広く、しっかりとした造りだった。

解体工場、と呼んで差し支えないように見受けられた。

梁のH鋼には電動ホイストが備え付けられており、操作盤のスイッチを入れるとチェーンが音を発した。電気もきちんと来ているようだ。

工場の左奥には、フォークリフトも一台あった。

全体として決して衛生的でも綺麗でもないが、解体作業場の環境としては申し分ないだろう。工具もハンドメイドの棚に整然と並べられていた。

見る限り現在、作業中の車体はなかった。

四本だけ積まれたタイヤがやけに太く見えた。

最後に盗んできた、クライスラー３００Ｓの残滓かもしれない。

右奥に、太田に聞いた通りのアルミ製の扉があった。

開けると簡単な屋根のついた渡り廊下になっていた。事務所兼宿泊所に使っていたというプレハブにつながっているはずだ。

「さぁて新海。急ごうぜ」

瀬川が肩を回しながらそちらに向かった。

事務所の中には、それぞれにテレビとデスクトップPCが載った事務机二台、スチールキャビネットも二台あった。

応接用のテーブルなどはなく、コの字にソファが三本あるだけだった。

その上には毛布やら布団やらが無造作に放置されている。打ち合わせというより、寝床専用なのかもしれない。

さらに奥の流し台の方には、ポットがあって冷蔵庫があって、ゴミ箱代わりに直捨《じか》てのポリバケツがあった。

さすがに工場の方より生活臭があって汚かった。

夏の陽気に蒸れたようで、生ゴミの臭いも強かった。

「うへっ」

顔をしかめ、瀬川が窓を開けた。

昔から瀬川は、そういう生っぽい臭いがまったくダメだった。

「あ。馬鹿っ」

新海は叫んだが、遅かった。

スを叩いた。

砂挨とともに室内に入ってきた風がそこいら中の紙類を巻き上げ、キャビネットのガラスを叩いた。

瀬川は慌てて窓を閉めるが、後の祭りというヤツだ。

伝票用紙、感熱紙からチラシ、なんの包み紙だかわからない新聞紙までが宙に舞って騒がしかった。

それで——。

もともと雑然としていたものが、度を越して乱雑になった。

繰り返すが、新海に本部の捜査を混乱させるつもりは毫《ごう》ほどもなかった、はずだ。

「悪ぃ。でもよ、臭いは少し飛んだぜ」

と、片手を揺するだけで瀬川は悪びれない。

「だけならいいな。けど、これで手間取ったらまた臭いは増すというか、その中に倍増しで長い時間をいなきゃならなくなるんだけど」

「んなこと言ったたってよぉ」

「それに、ここのはプラズマの最新式だぞ。クラスター型」

新海はおもむろにクーラーのスイッチを入れた。

送風口がすぐに開いた。

「——すいませんでしたぁ」

エアコンの冷風の中で頭を下げる阿呆は放っておいて、新海はキャビネットに寄った。

車検証ファイルは五台分しかなかった。あとは古そうなバインダーばかりだ。

中には括り紐で縛ったような茶色い紙束もあった。

明らかに高級車用とわかる革製の車検証ファイルばかりだったが、狙いはすぐにわかった。

〝CHRYSLER〟の型押しがあるのは、一冊だけだった。

「ふぅん」

開いて新海は瀬川の方に向けた。

車検証も保険証券も入ってはいなかったが、特に落胆はない。

――ファイルから出した後、わからないっすね。ないってことはないと思うんですけど。

そのあと、どうしたか。出しっぱかも。確率的には、出しっぱ七十パーセントで。

そんなことを太田が言っていたからだ。

「さて、始めようか」

新海が手を叩けば、瀬川は逆らうことなく床に這いつくばった。

それから、たっぷり三時間は掛かった。

探すだけでなく今後の捜査のために、整理整頓もしながらだからだ。

「うおっとぉっ」

「あったぞっ」

瀬川が車検証を、新海が保険証券を見つけ、高々と差し上げたのはほぼ同時だった。

「ちっ」

「…………」

こういう場合はどちらかでもあればいいわけで、喜びや達成感よりも、なにか損をした気分になるのが不思議だ。

「おらよ。先に出る」

車検証を放り上げ、瀬川がMSGのバッグを手にプレハブの外に向かった。早く帰ろうとする意思表示だろう。

選んで新海は、自分が探し出した保険証券を懐に入れ、車検証をファイルに戻してから外に出た。

快適な室内にいた分、いきなりの熱砂は弱まってはいたが痛かった。

「まあまあの時間だな。瀬川、これなら成田まで――」

順調だな、と言おうとして口を閉じた。

漏れ出る殺気とでも言おうか、瀬川の様子がおかしかった。

積み上げられたパーツ群の横に立ち、入り口の方を睨んで動かない。

「なあ、新海。あいつら何者だ?」

新海の位置からでは、パネルゲートは見えなかった。小走りに進んだ。

「あら？」

果たして、ちょうど前日のパジェロがドリフトをしたタイヤ痕の辺りに、二人の男が立っていた。

「ひょっとして、尾行《つけ》ました？」

答えはなかったし、期待もしなかった。

公安とはそういうものだろう。

地味なグレーのスーツに地味なビジネスバッグの、銀縁眼鏡と角刈り。

二人は、ＳＴビルヂングの前で出会った男達だった。

出で立ちはまるで、この二週間という時間を切り取って繋げたようだ。

新海の記憶によれば、上から下まで全く同じ物だった。

「手を引け、と言ったはずだ。所轄の事案ではなく、〈なんでも屋〉の出番などないと」

まず口を開いたのは、変わらず銀縁眼鏡の方だった。

先輩、あるいは上司なのだろう。

無色透明、無味無臭を思わせて、起伏のない言葉の羅列がかえって不気味だった。

「まあ、たしかに聞くだけは聞きましたね」

新海はゆっくりと瀬川に並んだ。

肩に手を置く。

猛犬をなだめる仕草に似ていた。

瀬川の身体が熱かった。

「けど、承諾を口にした覚えはまったくありませんが」

「ここで手に入れた物を出せ」

「──あの、聞いてます？」

「もう一度言う」

銀縁眼鏡は繰り返しながら右手を出した。

「ここで手に入れた物を出せ」

うわ、と新海は一度、天を仰いだ。

「公安でしょ。公共の安寧。それじゃあ、まるで悪の手先じゃないですか」

角刈りの目に、少しだけ光が揺れた。

「考えるのは俺たちの仕事ではない」

瀬川の足元がかすかに音を発した。

新海はその肩に置いた手に力を込めた。

瀬川を解き放つのは、もう少し先だ。

「考えるかどうか、誰が考えるかなんて話はしてません。馬鹿馬鹿しい。俺は何を守るかの話をしてるんです」

「馬鹿馬鹿しいのはどっちだ。結局は同じことだろう。考えない以上、守るのは命令だ。職務の忠実な遂行、そこにこそ意味がある」

「あるんですか？　本当に」

「ある。あると信じる」

「そういう妄信はとてつもなく危険だと思いますが。ああ、なるほど」

新海は空いている方の手で指を鳴らした。

「かえって危険なのが公安ですか。成り下がったものですね」

「なにをっ」

一歩前に出ようとする角刈りを銀縁眼鏡が制した。

「乗るんじゃない。議論をするな」

「しかし」

二人の目が互いを向いた。

瀬川の肩が盛り上がるようだった。

呼吸はわかっていた。

「右だっ。ジャイアント〇ボ」

「だからよぉっ」

言いながらも瀬川は、結局は逆らわず動く。
可愛いロボ、いや、くれぐれも〇ボだ。
MSGのバッグを投げつけながら右手に走った。
「うぉっせいっ！」
その間に新海は左に飛んだ。
呼吸が合っていれば、左右からの挟撃は大いに相手を惑わしもし、威力も発揮する。
それが狙いだった。
新海からは銀縁眼鏡が近かった。
走り寄って襟元に手を伸ばす。
鍛えたもので、銀縁眼鏡は身体を固めることなくバックステップでかわそうとした。
さすがだと言わざるを得ない。
新海の手は少し届かなかった。
逆に、眼鏡の方が下がった場所からカウンターの回し蹴りを繰り出した。
新海は両手でブロックした。
思った以上に腰の入った強い蹴りだった。
「ぐわっ」
ブロックごと蹴り抜かれる感じで吹き飛んだ。

追撃があったら万事休すだったかも知れない。

だが、新海にはロボ、いや○ボがいた。

角刈りの方に走った瀬川は、相手が苦し紛れに振り出す拳を無造作に払った。

それだけで角刈りの重心が大きく崩れた。

いや、瀬川が崩した。

「おわっ」

たたらを踏む男の腹に膝を送り、屈むように出てくる顔を利き手でつかんだ。

「おおっしゃあっ」

渾身の力で押し抜けば、角刈りは地響きを立てて背中から大地に転がった。

そこからの体勢で瀬川は踏ん張った。

踏ん張って身体をひねり、唸る裏拳を銀縁眼鏡に振り回す。

動きには無駄がなく、まるで流れるようだった。

これが瀬川という、ウェポンだ。

「くっ」

銀縁眼鏡は無様なほど大きなスウェイで避けようとしたが、

「うらぁっ」

瀬川の裏拳は強引にだがそこからでも軌道を変え、銀縁眼鏡の顎先をわずかにだが捉え切った。

「ぐごぉっ」

片膝から地べたに落ち、男は一瞬にして動作を停止した。脳震盪《のうしんとう》を起こしたことに間違いはなかった。

新海が立ち上がり、瀬川がさらに前に出ようとした。

そのときだった。

「動くなっ」

地味なスーツを土塗れにした角刈りが、血走った目で銃を構えていた。

苦し紛れにヒップホルスターから抜いてしまったようだ。

シグ・ザウエルP239JP。

それは警備の、制式拳銃だった。

見ようによっては、絶体絶命と言えた。

畑を渡る風が、強く啼いていた。

二十三

険呑な空気が濃く漂い始めた。

「手前ぇ。そっちがその気なら、こっちだってよぉ」

瀬川が手に唾をつけて揉んだ。

視線が眼前のＭＳＧバッグに落ちた。なにやら凶暴な目の色だった。

(うわっ)

付き合いが長ければ、いいことも悪いこともなんとなくわかる。

ヤッパかチャカかは知らないが、何かが入っているのは間違いない。

ちょうど、銀縁眼鏡が正気を取り戻したようだった。呻いた。

角刈りが一瞬だけそちらを気にした。

「ストップッ」

新海は両手を上げ、銃口に背を向けるようにして瀬川との間に割って入った。

「なんでぇ」

さすがに正面から見据えられると、瀬川は、なんというか、凄みがあった。

それでも、止めなければならない。

「瀬川。さすがにお前が物騒な物を出すと、マズい。立場上、俺も見て見ぬ振りはできなくなる」

「ああ？　じゃあ、この状況でどうすんだよ」

「うん。こうする」

新海は、いつの間にか手にしていた携帯を耳に当てた。

「あー。もしもし。新海です。課長。案の定、出ましたよ。公安さんです」

その状態から、振り向いた。

近くの地面から部下の角刈りを、銀縁眼鏡が苦々しげな顔で見ていた。

「ええ。例の照会をお願いしておいた、銀縁眼鏡と角刈りです。そう、二着一万円しない
グレーのスーツを分けたような二人。そのうちの角刈りが、驚くことにシグを構えてます。

はい。私ともう一人、民間人に向けて」

おい、と角刈りが声を尖らせた。

新海は携帯を一度離し、大きく息を吸った。

「おいじゃわからないっ。どうにもならないっ。全部伝わってるぞ!」

負けじと吠えてみせた。

「で、その構えたシグ、どうするって?」

すぐに携帯を耳の位置に戻す。

角刈りに声はなかった。

「おっと。あら、署長ですか。どうも。――えっ。署内スピーカーにしたって。うわっ。

えー。みんな、聞こえてます?」

銀縁眼鏡がよろよろと立ち上がった。

交渉の頃合い、だったろう。

新海は声音を少し和らげた。

「公安さん。バーターで行きませんか？　すでにそちらのシグとうちのロボで、飛び道具は五分五分だとして」

誰がロボだと瀬川は喚くが無視する。それどころではない。

懐から、クライスラーの保険証券を取り出す。

突きつけるのは銀縁眼鏡に対してだ。

「これ、差し上げましょうかって提案したら、どうしてくれます？」

新海は銀縁眼鏡の反応を見た。

静かにこちらを見ていた。

ガラス玉の反射のようでもあった。

「出来るだけ、事態の沈静化に努める、でどうだ」

抑揚はないが響く、まさしく鉄の鈴だった。公安らしい声だ。

「出来るだけ、ですか」

「宮仕えはお前と変わらん」

かすかな口の端の動きを、新海は自嘲、と捉えた。

「了解です。では、このまま別れて、この敷地内でのことはお互い一切忘れる、と言うことで。――署長、どうでしょう。――あ、はい。有り難うございます」

角刈りは微動だにしなかった。

銀縁眼鏡がシグの手を押さえ、ゆっくりと下げさせた。

やがて角刈りは諦めたように、シグ・ザウエルをヒップホルスターに収めた。

新海は保険証券を差し出しながら、公安二人の脇を回り込むようにゆっくりと動いた。

「ほら。瀬川」

本当に猛犬めいて、その場で唸りながら身構える瀬川を促す。

新海が右に回れば、銀縁眼鏡も角刈りを促して右に動いた。

瀬川が途中で、ＭＳＧのバッグを取り上げる。

新海は開けるなよと念を押した。

新海と瀬川、銀縁眼鏡と角刈り、互いに位置を入れ替えたところで証券の受け渡しは成立した。

銀縁眼鏡は証券を確認し、何も言わず背を返した。

プレハブの方に歩いてゆく。角刈りが続いた。

保険証券を手に入れながらそちらに向かうということは、当然狙いはクライスラーの車検証、あるいはすべての痕跡ということになるのだろう。

携帯を耳に当てたまま、公安の男達が進む分だけ後ろ向きに新海は下がった。

男達がプレハブの中に入っていった。

新海は大きく息をついた。

「こ、腰が抜けるわ」

「ちっ。なんだよ、それ。――オラ、早く切れよ。署長だろ」

「ん？」

瀬川に言われて初めて思い出した。

まだ携帯を耳に構えたままだった。

というか、離れない。

「ああ。これな」

引き剝がすようにした。

手が強張っていた。

「明日は、全国的によく晴れるってよ」

「えっ」

「繫がってるわけないだろ。苦肉のポーズだよ。だいたい照会も大嘘だし。署内で公安のことなんて、大っぴらに聞けるか」

瀬川が固まった。

「天気予報だよ」

携帯を顔の高さに上げる。

明日の南関東の降水確率は、十パーセントらしい。

「……はあっ。て、天気予報だあ」

瀬川の頓狂《とんきょう》な声がやけにでかかった。

「あ、馬鹿」

ＭＳＧのバッグに手を掛け、新海は瀬川を引っ張るようにしてゲートパネルから県道に飛び出した。

百メートルほどもそのまま瀬川を〈牽引《けんいん》〉し、振り返る。

公安の二人の姿は県道上のどこにもなかった。まだ利根川モーターズの中にいるようだった。

新海はようやく、なにやら持ち重りのするＭＳＧのバッグから手を放した。

「もう、大丈夫だろ」

呼吸を整えながらも足を止めず、新海は駅方面へと向かった。

瀬川は、解放されたＭＳＧのバッグを肩に担いだ。

「嘘って。おい、新海。一か八かかよ」

「そうなるな。まあ、負けるつもりはなかったけど」

「なんだぁ」

「ああいうときは、勝たなきゃいいんだ。負けるが勝ちってのは実際、悔しいからあんまりやりたくないけど。これは俗にいう、大人の駆け引きってやつだ」

「………」

「いいよ。無理に理解しようとしなくて」

「お、おう。悪ぃな」

瀬川が一歩引いた。

しばらくそのまま、足早に駅に向かう。

「いや。やっぱりわかんねえままじゃ気持ちが悪ぃ」

やがて意を決したように、瀬川が狭い歩道に並んできた。

「負けも勝ちもいいけどよ。いいんかよ。全部あいつらの自由にさせちまって。今日のは無駄足ってか」

「無駄じゃないさ。進めるよ」

「ん？　どういうこった」

「保険証券も車検証も見たからな。どっちも同じ名前の法人だった」

「――おっ」

一拍分鈍いが、瀬川もピンと来たようだ。手を打った。

「そりゃあ、あれか。あのパジェロの奴らで、シャブ持ってた張本人」

新海はうなずいた。

「そうなるな」

眼前にもう、駅舎が見えていた。

そのとき、新海の携帯が振動した。

坂崎からだった。

「忙しい」

いつも言われるから言ってみた。

西陽が駅舎の向こうに眩しかった。

もう、そんな時間だった。

——忙しいのはこっちだ。

相変わらず坂崎は端麗辛口だったが、それが今はよかった。

戦いと熱砂でやられた頭と身体に、仲間の声は力強いものだ。

瀬川と坂崎、得難いと思うが、癪に障るから口にはしない。

どちらもタイプ的には、言えば嵩に掛かって調子に乗る連中だ。

「で、なんだ」

——ようやくわかった。いや、苦労したぞ。

「おい新海。あと三分で来るみてぇだな」

駅舎に駆け込み、時刻表を眺めていた瀬川の声がした。

――ん？　その濁声は。なんだ。瀬川も一緒なのか。

「そういうこと。汗水垂らして働いてるよ。下々の庶民様は」

――それと俺との因果関係はまったくわからない。で、頼まれた件だが。

エスが関わっている、と坂崎は断言した。

「エス？」

――そう。公安絡みのなかなか大物のようだ。お前と瀬川だけだと、本来なら二人まとめて吹けば飛ぶな。

「ふぅん。そんな大物なんだ」

――えっ。いやいや、今の会話から導くとするなら、向こうが大物かお前らが小物かは計れないと思うんだけど。

坂崎はそういう奴だ。

西陽がさらに眩しく、熱く感じられた。

「話を真面目に難しくするな。こっちは炎天下で労働中だ」

――ああ。そうか。失礼失礼。

呉方林《ウーファンリン》という男らしい、と坂崎は思いっきり声を潜めた。

「なんだ。坂崎、誰か近くにいるのか」

――いや。俺一人だ。なんでそんなことを聞くかな。おかしな奴だ。

坂崎はまあ、そういう奴でもある。

「呉方林？　ふうん。チャイニーズ・マフィアかな」

駅舎から出てきた瀬川の目が、マフィアのひと言で険しくなった。

――ビンゴ。それもちゃんと調べておいた。お前の言った通りで大当たりなんだが。

ちょうど、駅舎の中から列車到着のアナウンスが流れ始めた。久喜行きのアナウンスだ。

――また、ずいぶん遠くにいるみたいだな。

「お陰さまで」

――いや。別にお前に礼を言われるようなことをした覚えは、特に俺の方にはないが。

「待った。俺が悪かった。熱さのせいだ。なかったことにしてくれ。そう、遠くだ。久喜の近くにいる」

――あ、そう。駅ってことは、これから都内に戻ってくるのか。

「ああ」

――池袋なら待ち合わせてもいいぞ。どうする？

「あ？」

――近くにシティホテルがあったよな。池袋警察署の奥の方に。

坂崎の住まいは要町《かなめちょう》のマンションだ。

単に帰り道、ということではあろうが。

「親父さんの方はいいのか」

――大臣はもう、今日は議員会館から動かないと言っていた。

そう。

父親でも職場が同じなら呼び方は変わる。

坂崎の場合は、大臣だ。

――それに、そっちが戻ってくる頃には陽も暮れるだろ。就業時間外ということだ。

「てことは、おい。坂崎」

――え、なんだ？

「お前今、全然忙しくないな」

余韻もなにもなく、一方的に通話は切れた。

列車到着のアナウンスが、いつの間にか慌ただしくなっていた。

二十四

新海は瀬川と、東武伊勢崎線の中央林間行きで北千住まで一緒だった。

瀬川はそこから常磐線で我孫子《あびこ》に回り、成田に戻るようだ。

新海はといえば、日暮里に出て向かうのは池袋だった。

北千住までの車内で、瀬川とはそれなりに話した。

「さっきの、坂崎か」

瀬川が先に聞いてきた。

「そうだ。呉方林って、お前知ってるか」

「呉? それがさっきお前ぇが言ってた、チャイニーズ・マフィアの名前ぇか?」

「詳しくは俺もこれからだが、坂崎が言うには、この男がチャイニーズ・マフィアだってことだけは間違いないようだ」

ふぅん、と言って瀬川は顎を撫でた。

「知らねえ。ってえか、似たような名前ばっかで覚えらんなくてな。国とこっちとで行ったり来たりの奴も多くてよ。一人一人はよくわかんねえ」

言い得て妙だ。新海も似たようなものだった。

フィクサーめいた大物から各グループの幹部数人、合わせて数十人程度なら知るが、そんなものは氷山の一角でしかなく、常にリニューアルもされる。

記憶は常に追いつかない。

「ただまあ、新海。ぽっと出の奴じゃあねえやな。それなりの奴だって思やぁ、合点もいくってもんだ。松濤会に怒鳴り込んだってのも。朝森が騒がねえってのも」

「そうだな」

肩を並べる、あるいはそれ以上。

そうでなければ松濤会の、しかも朝森なら、その場で牙を剝いて嚙み掛かるだろう。

ただし――。

だからと言って、見えてきたものは光明だけではない。

「瀬川。あれだな。太田のこと、向島署に送っといてよかったな」

「どうだかな。そりゃ、病院よりはいいだろうが、送って終《しめ》えってわけにもいくめえよ。たとえムショに入ったとしてもな」

瀬川は腕を組んだ。

「チャイニーズってなぁメンツによ、俺ら以上にしつこくいつまでもこだわるぜぇ。クスリ仕込んだ車を盗られたなんてなぁ、地の果てまでも追っ掛けて、なぁんてコースじゃねえのか。まあ、逃げるくれぇなら、俺なら最後まで戦うがな」

「戦うくらいなら逃げろって、俺なら言うけどな。その辺は、これから俺も考える。ただ間違いなく言えるのは、みんなお前みたいにスーパーごついわけじゃない」

「あ、ひでぇな」

「どこら辺がひどいかはじっくり聞いてみたいところだ」

と、ちょうどこの辺で電車が北千住に到着した。

「どうだ瀬川。まだ早い。お前も池袋立ち寄りで、一杯やっていかないか?」

「坂崎も一緒だろ」

「そりゃまあ、あいつの話を聞くのが目的だから」

「だよな」

瀬川は特に興味もなさそうに、MSGのバッグを肩に回した。

「遠慮しとく。あの洒落っけも上等なコロンもな、嫌いじゃねえけど、どうにも苦手だ。それに成田の家にぁあ今、姉ちゃんもいるしな」

「ん? それがどう関係するんだ」

新海の問いに、瀬川は顔を寄せて大げさに鼻を擦った。

「あの女ぁ、えれえ鼻がいいんだ。坂崎と会ったのなんざお前ぇ、匂いで一発だぜ。んで、俺ぁえらい剣幕で怒られるんだ。なんであたしを呼ばないのよってな。はっ、目に見えらあ」

そうだった。静香は坂崎に大いに気があるんだった。

静香は肩書と頭脳で坂崎に、坂崎はなんというか、幼さというか猫っかぶりで新海の妹の茜に、茜は茜で筋肉のフェチというかファンで、それぞれ忙しいことだ。

「じゃあまあ、奴にはよろしくってだけ言っといてくれ。俺がじゃねえよ。姉ちゃんが言ってたってな」

「了解。じゃあな」

「おう。気をつけろよ」

そんな会話で、新海は瀬川と別れた。

その後電車を乗り継ぎ、池袋に到着したのは七時近くだった。長い夏の陽も、ちょうど沈む頃だ。

坂崎の指定してきたホテルは、メトロポリタンだった。

最上階のダイニング＆バーで窓辺のカウンターに陣取り、地上百メートルからの残照を物憂げに眺めながら、坂崎は偉そうに赤ワインを呑んでいた。

坂崎は新海に気付き、ワイングラスの片手を上げた。

偉そうだが、様になるところが憎らしい。

「おや？　瀬川が一緒だったんじゃ」

「直行で成田に帰った。明日、また近場の祇園の支度があるんだとさ」

「そうか。夏場はやっぱり、テキ屋の書き入れ時か——なんにする？」

「ふむ」

少し考える、ふりをした。

「聞いてなかったが、坂崎、お前の奢りでいいのか」

「え、なんで俺なんだ。大臣に隠れてコソコソとさ、特にしたくもない作業をさせられたのはこっちだぞ。まあ、千葉九区の情報はたしかに使えたけどね」

と、未だ政治家の秘書としては青く真面目な息子は言うが、坂崎の父・浩一は新海の目から見ても傑物だ。恐らく坂崎がコソコソしても、常にわかっている。

政治家の裏情報を持ち込むなど、坂崎には備わっていないスペックなのだ。

新海、と当たりもつけているかもしれない。

坂崎が思う以上に、父・浩一に坂崎の行動は明らかだろう。

「どっちでもいい。ここを指定したお前持ちなら同じ赤ワイン。依頼主のこっち持ちなら最近出る一方なんで水、と思っただけだ」

「なんだ。金欠なのか。そうならそうと先に言え」

坂崎はかすかに笑い、カウンター内のスタッフを呼んだ。

呑み掛けのワイングラスを指差す。

「同じ物を」

うわ。癪に障るくらい様になりやがる。嫌味なポーズだ。

とはいえ、

「そうなんだ。坂崎、悪いな」

心と口先は常に、シンクロも連動もしない。それが嫌な大人というものだ。

だから、

「食べ物もいいかな？」

言葉にはしても聞きもしないで、アラカルトで肉のグリルを一気にしこたま頼む。

思えば昼に、久喜で立ち食い蕎麦を食っただけだった。

食えるかどうかは別にして、目が欲しがる。

二十八歳独身の刑事は、まだそんな年頃にして普通のサラリーマンよりは肉体派だ。

実際この日は熱砂の中で暴れもし、拳銃も突き付けられた。

坂崎は、あ、とか、う、とか言っていたが気にしない。意味をなさないただのひと文字ずつだ。

肉をしこたま頼まれるのは、強いて言うなら、赤ワインを呑んでいる方が悪い。

もっとも白なら――。

やっぱり新海としては肉をしこたま頼むだけだ。

魚料理は、どうにも食った気がしない。

とにかく呑んで食っていると、適当なところで坂崎が懐から三つ折りにして重ねた数枚の紙を取り出した。

カウンターの上に置かれたそれを、新海は手を伸ばして取った。

浅草東署の備品より遥かに上等な紙だった。

最後のページは写真のようだったが、なんと言っても裏に透けない。

――。

いや、そんなことはどうでもいい。

「ふぅん」

危ない危ない。肉とワインに溺れ、一瞬池袋に来た目的を忘れていた。

紙には、明朝の細かい文字がびっしりと打ち出されていた。

別に新海は老眼ではないが、店の落ち着いた照明だと見づらかった。

それくらいの細かさなのに、紙には罫線もない。

痒いところをそのままにした、とてもお役所仕事だった。

出来るだけ明かりに近づけようとカウンターに身を乗り出してみた。

まずは呉方林の生まれ、歳などが読み取れた。

書かれている内容は電話の続きというか、詳細だった。

「おい。あんまり派手にするな」

坂崎が新海の上着の裾を引いた。

「それ、表に出せない資料だぞ」

「わかるが読みづらい。次からは文字の大きさを倍に上げるか、罫線を引け」

「わかった。じゃあ、今は簡単に俺が口頭で説明するから」

新海は詳細の書かれた紙を内ポケットに仕舞った。

坂崎が周りを気にしながら話し始める。

どうやら、呉方林その人が特に大物というわけではないようだ。

「五十七歳になっても別に、日本国内で商売する連中の中で特に重鎮ってわけじゃない。ま、チンピラにチンピラのまま、カビの生えたような男だ。ただし、結構なところに繋がっているんだな、これが」

呉方林の妻の兄、張勇竜という男が、駐露ウラジオストク総領事館の室長なのだという。

さすがに坂崎は、国家公安委員長・内閣府特命大臣防災担当の息子にして公設第二秘書だ。並の友達ではこうはいかない。

「その張勇竜が、お待ちかねの大物というか根っこらしい。二〇〇〇年頃から国家安全部だって話だが、当時からロシアとのパイプは太いんだそうだ。太いってことは、あくどいってこととイコールでね」

「なるほど」

そこからの零《こぼ》れ話を拾って日本国内に持ち込むのが、呉方林という男だった。

新海は熟成鴨のローストを口に運んだ。

「ほこえ、公安の匂いあしてふるあけだ。外事あね」

「何を言ってるかわからないが、そういうことだ。呉方林をエスにしてる公安は間違いなく、この張勇竜からロシアの情報を引っ張ってる。調べれば調べるほど、この呉方林って奴は、その辺のバーターで優遇も黙認もされてる感が強かった」

坂崎はワイングラスを傾けた。

「ただ新海。そこからはさすがに大変だったぞ。ようやく辿り着いた。ここに辿り着くのに、ほぼほぼ十日掛かったといってもいいくらいだ」

「ああ、ほうなんら」

「そうさ。で、お前が知ってるかどうかは知らないがな、尻拭いしてるのは」

HU、と坂崎は言った。それだけだ。

「ぐえっ」

それだけだが、思わず新海は鴨のローストを塊で飲み込んだ。

「HUだぁ?」

「お、新海。知ってるのか」

坂崎が身を乗り出した。

「この辺のことはさすがに、その紙にも書いていない。残したくないから。だから呼んだんだが」

「ふん。色々仕掛けてくれてんのは、そういうとこね」

ＨＵはヒュー。ヒューマン、ヒューミント、ヒューマン・アセスメント、なんだか知らないが、そんな感じのヒューらしい。

警察庁警備局警備企画課に統括され、チヨダ、ゼロと改名されつつも密かに続く、公安警察的裏組織の現在の名称だ。警備企画課に二人いる理事官の内の一人が統括で、その警視正は裏理事官と呼ばれる。

「そうだな。知ってるというか」

余談だが、と新海は前置きした。

「なんか俺も、前に触れたっていうか、誘われたことがあるらしいんだ」

「？　なんだ。それ」

「なんとなく寄ってこられたからな。上手いもんだよ。後で思えば、そうだったのかなってくらいの感じだった」

「ほう。それって、警察官としては、優秀だと認められたって証じゃないのか？」

「どうなんだろうな。使い捨て、尻尾切りの先兵って感じもするけど」

雲の上からの指示を忠実に、正確にこなす存在だ。

精鋭と言えば精鋭だろう。

だが、当然、それだけの技量がなければ選ばれないが、技量だけが選抜の事由ならマシーンも同じだ。

考えようによっては、裏理事官と呼ばれるキャリア様の気分次第で動かされる、玩具とも言える。

だから、そのときは深く立ち入ることをせず、やんわりとわからなかった振りで、新海はHUを遠ざけた。

人として、人の気持ちを思う警官でありたい。

向こう傷もまた、新海が血の通った生身であることの証だ。

機械も歯車もゴメンだった。

「ま、それにしても、これもどうでもいい余談だ。それで？」

新海は先を促した。

「ああ。で、この呉方林が日本で表向きの生業にしている会社がある。最後の方に書いといたが、場所は横浜の石川町の方だ。定款を見る限り、中国からの輸入雑貨卸を主業務にしているようだね」

新海は肉を口に運ぼうとした手を止めた。

ふと思うところがあった。

「なあ、坂崎。それってもしかして、桃花通商って会社か」

「なんだ。知ってるのか？」

「名前だけは保険証券とな」

新海は肉を頬張った。

「はけんひょうれ見た」

「車検証？」

「おおっ」

よくもわかったものだ。

読唇とか、なにかの技術か。

特に感心はしないが、認めはする。

取り敢えず自分の行儀の悪さは棚に上げる。

「まあ。ほれもひょだんら」

「たしかに。余談だな」

済ました顔で、坂崎はワイングラスを傾けた。

二十五

桃花通商のシャブ付きセダンを、そうと知らずにプレミア・パーツの連中が盗んだ。

太田はシャブを自分で捌こうと山っ気を出したが、その量と金額に臆病風を吹かせた仲間の竹下が離脱した。

逃げ出したはいいが桃花通商の連中、つまりはチャイニーズ・マフィアに捕まって拷問を受け、最後は隅田川に浮かんだ。

その間に絡んできた松濤会・朝森の思惑もあって、プレミア・パーツのもう一人、吉岡は頼った朝森から桃花通商に売られ、今頃鱶の餌は間違いのないところだった。

シャブとメンツ。

桃花通商・呉方林と松濤会・朝森。

ただ平凡な日常を送っていたおよそ平凡なチンピラは、一台のクライスラーによって命が標的になった。

ここで桃花通商に絡み、松濤会以外にも、呉方林をエスとして運用するHUも暗躍し始める。呉方林の動きを背後から支え、場合によっては幇助《ほうじょ》もしたようだ。

シャブとメンツと情報。

桃花通商・呉方林と松濤会・朝森と、HUの銀縁眼鏡に角刈り。

「ふん。馬鹿馬鹿しすぎる。なんの三角関係だよ」

憤りは強く、それでずいぶん呑み過ぎたようだ。

坂崎の奢りと言うことで、空腹にいきなりワインから浴びるように呑んでしまったというさもしさもある。

それで翌日の月曜は、ずいぶんひどい二日酔いだった。

取り敢えず勅使河原課長に電話を掛けた。

「ええと。直行しますんで」

——あ。そう。

気をつけて、と業務連絡はそれだけで済んだ。

新海の暮らす独身寮は西早稲田にあった。

この日の目的は署とは逆方向だったから、もともと直行するつもりではいた。

ああ、それで気が緩んだのも二日酔いの原因かと納得して手を打てば、「痛てて っ」っと顔をしかめるほどに頭は痛がった。

直行は嘘ではないが、昼過ぎからになった。

理由としては体調の回復が半分、坂崎からの情報の精査が半分だった。

五時間の安静で取り敢えず頭痛は治まり、三係の面々への四千八百円の出費で情報の確度は上がった。

瀬川への削りに削った説明メールも送れた。

「うわっ」

外に出ると陽射しは、新海を押し潰そうとでもするかのようにきつかった。

この日の南関東の降水確率、十パーセントは大当たりだ。

新海が向かったのは、横浜の桃花通商だった。

自分の目で確かめておきたかったからだ。

根岸線の石川町で降り、ほぼ真西に二百メートルほど行った雑居ビルの一階。

そこが桃花通商だった。

迷うことはなかった。

三係の面々への報奨金制度再発動から、不思議なことに三十分で、石川町からのポイントごとの写真と桃花通商そのものの写真が送られてきた。

蜂谷洋子は文京区に住むはずだが、不可思議にして素早いことだ。

とにかくこれが三千円で一番大きかった。

――係長。この会社には、営業実態はないみたいだね。中華街も近いし、そういう連中の溜まり場だって言ってるよ。

これは星川からで、言ってるよって誰がですか、と聞きたいところをこらえて千円にした。

残りは出掛けに入った、出向中の太刀川からの報告だった。向島署から、花崎の利根川モーターズに行ってこいと放り出されたらしい。

〈係長に聞いてた桃花通商に関する物、なにもないですね〉

それでHUが、あくまで呉方林を庇うつもりだということが確定した。

情報としてはまあ大事だったが、ついでだろうからこれは八百円だ。

新海が桃花通商を肉眼でとらえる位置に到着したのは、二時も近い頃だった。

広い一方通行道路の右手にある、七階建てのビルだった。大きなビルだが、全体に茶色くくすんでいた。

だいぶ老朽化が激しいようだった。あちこちにクラックの補修が、まるで蜘蛛の巣のように走っている。

建物の手前、新海がいる側にコインパーキングが見えた。

建物とコインパーキングの間は六メートル道路のようで、その奥にもP看板があった。

建物も裏側が、月極兼入居者用のパーキングになっているようだった。

五十メートル以上離れたところから、新海は目視でこれだけのことを確認した。

「なぁるほどね」

ビルの一階には道路に掛かるところまで簡易テーブルを出し、煙草を吸いながらくつろぐ男達が六人ほどいた。

テーブルの青い瓶は、青島ビールか。

アロハにビーチサンダル履きから、スーツに革靴まで。

男達の格好に見る職種や年齢は実に雑多だった。

だが、下卑《げび》た笑いや辺りをまったく憚らない態度は全員が似通って、一般人なら通り掛かっただけで道を変えるだろう。

〈そういう連中の溜まり場〉、と星川に言った人間の表現と感性は正しい。

一階の外にたむろするのは、間違いなくそういう連中だった。

時代の流れには勝てないものか、滑稽さが際立つ姿だ。

一人二人なら見張り番とも思えるが、雑多にして灰皿が見えれば、中で吸えないのだろうと推察できる。

マフィアの世界にも、禁煙や嫌煙権は蔓延しているようだ。

新海は場所を少しずつ変えながら、桃花通商をさらに観察した。

一カ所に留まらないのは、張り込みにおいて新海が特に気をつけていることであり、刑事になって最初に叩き込まれた〈いろは〉だった。

月曜日ではあったが、人気の元町ファッションストリートからは駅を挟んで真反対になる場所柄は幸いだった。人出が多く、張り込みにさして苦労はしなかった。

電柱の物陰に立ってあんパンと牛乳で対象を睨む、なんていうのは昭和の流儀だ。常に移動しながら、固定物だけでなく人や人の陰にも紛れるのが現在のスタイルと言えるかもしれない。

まあ、たしかに新海はこのとき、あんパンも牛乳も持ちはした。半分だけ齧りもした。が、それは流儀でもスタイルでもなく、二日酔いの胃袋が空腹にも拘らず、主食系を見るのも嫌だと拒否するという、ただそれだけの話だ。

そうこうして、三時間も過ぎた頃だった。時刻は五時を過ぎていた。

西陽を背に受け、一台のＢＭＷが奥側からやってきて、ビルの正面で停まった。

ハザードランプを点ける。

「おっ」

新海は目を光らせた。

それまで入れ代わり立ち代わりにグダグダとしていた連中が、一斉に立ち上がって横並びになった。

そのうちの一人が後部座席のドアに走り寄る。

車内から姿を現したのは、ギラギラと輝くように脂ぎった禿頭の、いかにも偉そうな感じの大柄な男だった。

坂崎からもらった透けない紙の最後のページの写真では、ニッカボッカを穿《は》いてどこかのゴルフ場にいた男だ。

呉方林だった。

車から降りると、呉方林は並んだ連中にごつい笑顔で話し掛けながら、テーブルの上の瓶ビールと煙草のケースを手に取った。

瓶ごと傾けてビールを呑む。

誰かがライターの火を差し出した。

呉方林は美味そうに煙草を吸いつけると、空に向かって紫煙を吹き上げた。

忙しさのアピールか、ただ性急なだけなのか、ビールも煙草もそのひと口で終わりだった。

とにかく呉方林は居並ぶ連中に上機嫌で一方的に話し掛け、それだけで慌ただしく事務所内に消えた。

それを見届けるかのようにBMWはハザードランプを消し、新海がいる方に向かって動き出した。

新海は場所を移動し、近くのポストに寄り掛かるようにして待った。

通過してゆくBMWの運転席を何気なく見遣り、口元を引き締める。

——上车《シャンチェー》！　快点《クワイディエン》！

スモークガラスであり西陽の逆光もあったが、新海には間違いなく、利根川モーターズにパジェロで乗り込んできたあの、サングラスの男で間違いないように思われた。

(さて、何をしてくる。どう、受ける)

そんなことを千々に思考しながら、新海は張り込みを続けた。

その間に、外にいた連中の内の何人かが片手を上げて立ち去った。桃花通商の人間ではなく、ただ〈溜り場〉で遊んでいたコミュニティーの仲間ということか。

街灯に火が入る頃、ゴミやテーブルを片付け始めた二人は一番の下っ端なのだろう。

やがて、夜の帳《とばり》が下りる頃になった。蜩《ひぐらし》の声が四方から降ってくるようだった。

この頃になるともう、新海の体調は万全だった。アルコールっけの欠片もない。牛乳もあんパンも、残りの半分は美味しく頂けて、むしろ足りないくらいだった。

蜩より、腹の虫の方が賑やかだった。

次の牛乳とあんパンを買いに行こうかと思った。

そんな矢先だった。

新海の携帯が振動した。

見れば、向島署の捜査本部に出向中の富田からだった。

慌てていた。

――係長っ。しゃ、釈放だ。いや、解放ってよ。いきなり、とにかくもう放《ほ》っぽり出せって話になってるっ。

「え、なんです？　富田さん、落ち着いて。いや、いいです」

一瞬、張り込みから頭が切り替わらなかった。

こういう場合、慌てている人間を落ち着かせるより、落ち着いてる側がギアを上げる方が話が早い。

息を大きく吸って、言葉として吐き出す。

「どうしましたっ」

――どうしたもこうしたもねえっ。

「ねえって、なにが！」

――太田がよ。

「――えっ」

すぐに理解できた。

全身の毛穴という毛穴が開くような感覚があった。

「なんだって！」

当然、驚愕だ。

「何っ。富田さん、どういうことっ」

――だから、どうしたもこうしたもねえって言ってんじゃねえか。管理官も何も言わねぇしよ。もっと上からの横槍ってことだぁ。

新海は携帯を握り締めた。

――俺らじゃ逆らえねぇし、釈放の解放の放っぽり出しだぜ。尾行もガードもNGだってよ。なあ係長、このままでいいんかい。

「いいかって言われても。――とにかくここは、うちの署長に」

自身、呻くような声だとわかった。蟷螂《とうろう》の足掻《あが》きだろう。

それにしても、

――わかってる。頭越しかとも思ったが太田の事情聴取のとき、署長からよ、なにかあったらって電話貰ってたんで今、太刀川に掛けさせてる。

と、富田の段取りは頼もしかった。

キャッチホンが入った。

「富田さん。とにかく俺も動きます。今、どうしようもなく遠方なんで」

桃花通商から足早に離れ、石川町の駅に向かいながら電話を切り替えた。

今度は、瀬川からだった。

――太田から今さっき連絡があったぞっ。いきなり出されるってよ。どうすりゃいいかってっよ。こりゃあ、なんなんだっ！

いきなりの怒鳴り声と、JRのホームのメロディーが喧しかった。

――おい新海、警察は、なにやってんだよ。警察が警察に、なにやってやがんだよっ！

「そうだな。返す言葉は、ない」

真情だったが、瀬川は舌打ちで弾き飛ばした。

――待ってろ。俺もすぐ行く。任してらんねえ。

「なに言ってんだ。いや、わかってる。考えてる。だから、まずは太田の携帯番号を教えてくれ。話をする。掛かってきたならわかるだろ」

――教えねえっ。待ってろ。いや、待ってる。俺も行く。

「今からって、だから瀬川」

――行くんだよっ！

「だぁあっ」

混乱した頭をさらに掻き混ぜられるようで、新海も少し腹が立った。

「馬鹿かお前！　成田からのこのこ出てきて、間に合うかよ！」

――熱くなんなよ。成田じゃねえよ。お前のメールで、胸騒ぎがしたんでな。もちろん、多古の祇園は無事に送り出したぜ。その足で電車に飛び乗ったんだ。

一拍置き、瀬川は一転して穏やかに言った。

――今俺ぁ、横浜だよ。お前ぇとな、石川町で合流しようと思ったんだ。

「……はあ？　って、あらら。ははっ。――良い勘だな」

タイミングとして瀬川の到来は、新海の混乱した頭を解すにはベストだった。

二十六

新海が横浜駅で瀬川と落ち合ったのは、それから約十五分後だった。

「新海っ」

瀬川が駆け寄ってきて口を開こうとするが、新海は手で制した。

移動中に、町村からの着信メールがあったからだ。

〈なる早で、連絡が欲しいかねえ〉

文章まで口調と同じにすることはないと思うが、とにかく瀬川を待たせてその場で電話を掛けた。

町村はすぐに出た。

——あ、新海君。聞いたよ。なんか、事態の展開が強引だねえ。山城も大野さんも、電話したら大文句だったよ。

「はあ。大文句ですか」

——そう。私にじゃないよ。横槍の張本人の方にね。ああ、でも遠吠えするだけだよ。あ あいう連中は、公安マターとなると、からっきしだからね。尻尾は振らないけど餌は欲しがるって言うか、いずれにしろ、叩いても蹴っても、絶対嚙み付きはしないよねえ。まあ私なら……って、これは、ふふっ。言わないでおこうかなあ。

聞きたい気も聞きたくない気も半分ずつだが、現状を加味すれば後回しだ。

「それで、署長」

先を促してみる。

隣では腕を組み、瀬川がホームの時計を睨んでいた。

——新海君。せめて、だねえ。大文句聞いてあげたバーター。無条件の釈放って要求だったらしいから、内向きに抵抗してみたよ。

「えぇっと」

少しだけ考えてみた。

「署長。なんか、よくわかりませんが」

だよね、と待っていたように受けて、町村は話を続けた。

――公安マターだからこそ言えないことがあるからね。そこを逆手に取って、捜査本部内の伝達がすぐに出来なかったってことで山城から十分、その後、釈放の手続きに手間取るってことで大野さんから十分、合わせて二十分、太田の釈放までにフリーな時間をもらったよ。

町村の言わんとしている内容が理解された。

それは新海が道すがら考えていたことに、かすかながら光明が見える方向だった。

――さすがに私の直の案件でもないし、だから、山城や大野さんにはこれ以上はね。さぁて、我が署の新海君は、これをどう使うかなあ?

町村は少しばかり、楽しげだった。

新海の思考を先回りしながらの地均しであったとすれば、侮れないどころか、恐るべし。で、きっと恐るべしの方だと、なんとなく腑に落ちてしまうところがさらに恐るべし。

「新宿署に掛け合ってもらえませんか」

ああ、湘南新宿ラインね、という呟きがすぐに聞こえた。

やはり、いくつかのパターンを読まれていたようだ。

――やっとくよぉ。ちなみに、山城に了解を取り付けてから、もう十三分になるから。じゃ、よろしくねえ。

と言って、町村の電話は切れた。

切迫、喫緊の現実をまったく感じさせないのは、町村の胆力、ということにしておこう。

「瀬川」

新海は瀬川を呼び、ホームを移動しながら太田に電話を掛けさせた。

瀬川からの電話の方がすぐに出ると踏んだからだ。

「もしもし」

瀬川が言った瞬間、電話を取り上げた。

「太田か。新海だ」

――え。あ、あれ。

「時間がない。いいか、よく聞け」

有無を言わせず畳み掛ける。

向島署でのタイムオーバーまであと七分もない。

電光掲示板で見る限り、湘南新宿ラインの発車までもそのくらいだった。

だから質疑は一切なしだ。その分、行動を噛み砕いて説明する。
一、通話を終えたらすぐ、捜査本部の誰かにタクシーを呼ばせろ。
二、同本部の捜査員を署の玄関まで同行させろ。
三、玄関前からタクシーに乗れ。左右に移動せず、玄関のど真ん前から乗れ。
目的地は――。

「新宿警察署だ。人目は出来るだけ多い方がいい。新宿署なら間違いない」

それが苦肉の策というか、現状においての最善だろうと新海は踏んだ。

新宿署は日本最大の警察署だ。新海の同期も知り合いも、だからどの署よりも多い。上手く潜り込めれば、チンピラひとりくらいならなんとか、身の安全くらいは担保されるだろう。

町村も後押しを約束してくれたのが頼もしかった。

「そこで合流だ。お前が先なら駆け込め。話は通るように、うちの署長がつけてくれてるはずだ。たぶん」

――あ、駄目駄目。絶対、嫌っす。

口を挟ませないつもりだったが、太田は割り込むように言った。

――警察ももう、あんまり信用できないっすから。

そう言われてはぐうの音も出ない。

「なら、俺らと合流してからだ。そっちが早かったらタクシーから降りるな。乗ったまま、こっちが到着するまで流させろ。いいな」

――わっかりました。あっと、あの、刑事さん、新海さん。

「なんだよ」

――色々、迷惑掛けちまいましたね。上手く収まったら、へへっ、まあ結構な年数喰らい込むだろうから、いつになっかはわかんねえけど、また静香姉さんの焼きそば、奢りますよ。二十でも、三十でも。

なぜか、胸が締め付けられる気がした。

奥から込み上げてくる熱いものもあった。

「二十？　三十？　馬鹿言ってんなよ。うちの署員全員分だ。八十個は覚悟しろよ」

――うへぇ。でも、姉さんは大喜びだ。俺冥利だなあ。じゃ、またあとで。

太田との話は終わった。

瀬川に携帯を返し、湘南新宿ラインのホームに上がる。

発車のメロディーが鳴り始めたのは、ちょうどそのタイミングだった。

新宿までは、正確には三十二分の短い旅だった。

それでも先へ先へと逸る気持ち、狭い車内に立っているだけの焦りは、口を閉じていなければ迸り出そうではあった。

実際、瀬川の口からはときおり低い唸りとして漏れた。

それで帰宅ラッシュ時にも拘らず、瀬川の周りにはゆとりの空間が出来ていた。

新海は窓の外に、夜に溶けてゆく街並みをただ眺めた。

三十二分は距離にして短く、体感にして長い時間だった。

新宿駅に到着したとき、時刻は午後八時を大きく回っていた。

地下改札から西新宿へ抜け、青梅街道を目指す。

足は自然、申し合わせるでもなく瀬川と二人、早いものになった。

歌舞伎町は眠らない街だが、新宿は駅を挟んだだけで街並みも、行き交う人の層もまったく変わる。

美観風致の観点から言っても、東京オリンピックを目前に控え、都は新宿の賑やかさと煌びやかさと危うさを歌舞伎町へと集約すべく推進し、天秤の釣り合いを取るかのように、その他の地域の規制を厳しくしている。

西新宿は不夜城の明かりを東の天空に眺めながら、ひっそりと夜に沈んでいた。

新宿警察署の近辺にも、明かりはあるが喧騒はなかった。なにごともなければ普段なら、高層ホテル群に囲まれたゆったりと眠る一角だった。

新海は新宿警察署の玄関を背にして立ち、左側の青梅街道方面から、右手の新宿アイランドタワー方面までをひと渡り見回して確認した。

警察署前は車道が片側三車線になっており、歩道も青梅街道沿いより警察署前の方が広く設定されている。

そこから目を都庁側、アイランド前に転じれば、有名なＬＯＶＥを象ったオブジェがあり、今は輝くようなライトアップがされていた。

「俺達の方が早かったようだな」

「ん？　ああ。そうだな」

落ち着かない様子で瀬川は言った。

背後に警杖を持った立番の警官がいて、必要以上の視線が注がれていた。

武州虎徹組の若頭には、どうにも場所が悪かったかもしれない。

新海にしても同様にして思うところはあった。

プロレスラーもどきの大男が玄関先に仁王立ちしているのは警察署の品格に関わり、つまり大いに邪魔で、要するに迷惑に違いなかった。

新海は瀬川を伴い、アイランドタワー寄りに移動した。

太田がタクシーで署前まで乗り付けるなら、車道として横付けできるのはそちら側だった。

目の前にタクシーを確認できる位置だ。

背後は警察車両の駐車スペースで、このときは全部が埋まっていた。

「背中に警察車両ってのも落ち着かねえが、モノホンのサツカンの目線を背負ってるよりゃぁいいか」

武州虎徹組の若頭は、そんなことをブツブツと言って自分を納得させたようだ。

「さて」

取り敢えず今のところは待つだけとなった。

腹が鳴った。

シンクロするように瀬川もだ。

それで瀬川に、太田に電話を掛けさせた。

「ああ。俺だ。今どこだ」

事故渋滞もあり、まだ掛かるというのがドライバーの答えのようだった。

「あんだぁ? お前ぇ、遠回りでボラれてんじゃねえのか、おい」

瀬川はそんなことを喚いた。

それでも、当てもなく放り出されるよりはいい、と新海は思う。

敵方が手ぐすね引いて待ち構えていれば、拉致監禁、あるいはその先も見えているのだ。

「まだ十五分以上掛かるってよ」

「そうか。じゃあ」

近くのコンビニに行って食い物を調達してくると言えば、

「待て。ちょっと待て」

瀬川が手を上げた。

まあ、狙い通りではあった。

瀬川が新宿署の玄関口をチラ見した。

「こんなとこにお前、俺一人ってのはねぇだろ」

「二人で買いに行くってのもないぞ」

で、買い出しは瀬川の財布、いや、役となった。

（それにしても、いったん警察署、それも捜査本部に入った関係者をぶっこ抜こうなんて、どんな力業だよ）

新海は瀬川の背を青梅街道側に見送った後、近くの街灯を睨んだ。

敵がなりふり構っていないことは明らかだ。

それがHUの独断か、桃花通商の意志なのかは定かではない。

が――。

力業は、歪《ひず》みを生じる。

薄暗い闇の歪みだ。

歪みには必ず負荷が掛かる。

その負荷に耐えられなくなったとき、歪みは暴発する。

壊れる。

(そういうのが、さらなる間違いを呼ぶんだよな)

新海は唇を噛み、気を引き締めた。

五分もすると瀬川が帰ってきた。

ビニル袋を高く掲げる。

「へっへっ。これ、なぁんだ」

悪戯げな笑いに、なんとなく嫌な気がした。

というか、少しだけ街灯の明かりに透けて見えていた。

「なんだよ、瀬川。ケチるなよ」

「んだよ。ケチったわけじゃねえ。せっかく警察ん前にいてよ。張り込んでる感を出すなら、やっぱりこれだろ」

かくて新海は立ったまま、この日二本目の牛乳と一本目のウーロン茶と、二個目から四個目までのあんパンにありついた。

二十七

食って飲めば、やっぱり牛乳もあんパンもそれなりには美味かった。空腹も満たされた。

なんといってもあんパンは三つだ。

「なんか、食ったも飲んだもねぇな」

警察署前での立ち食いに不平を言いつつも、瀬川は食い終わったゴミを、率先して分別し、買ったコンビニに捨てに行った。

几帳面なことだと感心もするが、本人に言わせれば、テキ屋の鉄則、お山の掃除係の習慣、ということになる。

時刻は、九時に近かった。太田に連絡してから、十五分は過ぎていた。

到着はもうすぐのはずだった。

「さぁて」

大きく身体を動かす。

通りを駆け抜ける夜風に、街路樹が大きく梢を鳴らした。

そんなときだった。

瀬川が青梅街道を渡ってくるのが見えた。

こちらに戻ってくる様子を眺めていると、新宿警察署の正面玄関近くに来た辺りで足を緩め、新海まであと五メートルになって立ち止まった。

新海の頭越しに向こうを眺め、眉間に深い皺を寄せる。

気になった。

これも、一連の歪みの一端か。

「新海」

不穏を響かせる瀬川の言葉にも動かされ、新海は振り返った。

アイランドタワー方面から通りに沿って、ゆっくりと歩いてくる男達があった。

LOVEオブジェのライトアップを背にし、シルエットだったものがすぐに街灯の下で明らかになる。

銀縁眼鏡と角刈りの、いつもながらのコンビだった。

しかし――。

「間に合ったようだな」

銀縁眼鏡の口からはもう、三度目の「手を引け」は出なかった。

新海は眉をひそめた。引っ掛かった。

「ん？　それって」

コンビが新海達まで五メートルで足を止めた。

街灯と街灯の、ちょうど間だった。

「向島にもどこにも、我々の耳目はあるのだ」

一番薄暗い中で、銀縁眼鏡はたしかに笑った。

「そんなことは――」

わかっていたが、すぐに理解された。

ああ、と新海は額の向こう傷を掌で叩いた。

理解されたのは、自分の迂闊さだった。

「しまった。言葉が足りなかった」

そう、太田に伝えた一連の説明には、もうひと注意が足りなかった。

急《せ》く中で、上手《じょうず》の手からひと滴が漏れ落ちた。

すなわち、

〈目的地は、タクシーのドアが閉まってからドライバーにだけ伝えろ〉

細心の注意とは、そこまでを伝えるということなのだ。

「タクシーに乗り込む前から、バレバレですか」

「さて。前にも言ったが、考えることは我々の仕事ではない。ただ、命令を受けた。だから、ここへ来た」

「ああ？　なんだよ、それぇ」

瀬川が隣に並んで聞いてきた。

「悪いな、瀬川。無駄金使わせちまったみたいだ」

「そうかい。――って、おい。それも俺が払うんかよっ」

聞き流して新海は一歩前に出た。

対して、公安のコンビは薄闇の中で動かなかった。

動かないが柔らかく、揺れるようだった。

「保険証券の代わりに、事態の沈静化に努めると言っていたはずですが、それがこの体たらくですか」

「出来るだけ、と言ったはずだし、私は今でも沈静化に向けて努めているつもりだ」

「どこの誰の、なんの沈静化ですか。すでに事態は歪んでますし、捩じれてますよ。公安的正義すら、もうどこにもないような気がしますが」

「お前と変わらん宮仕え、だとも言ったが、これを訂正しよう。我々は、お前と違って給料泥棒ではない、ということだ」

銀縁眼鏡の言葉を受け、角刈りが肩を揺すった。

大きく笑ったようだった。

なにか今までより遥かに、何か、そう、余裕めいたものが感じられた。

（なぜだ）

額の向こう傷が吹く風に晒され、冷えてゆくようだった。

思うところに従い、新海は素早く辺りを窺《うかが》った。

銀縁眼鏡が大袈裟に手を叩いた。

「新海、と言うようだな。正しい。そういうことだ」

通りを挟んで公安コンビのちょうど反対側にひと組、新海らの背後、青梅街道沿いにひと組、場違いにただ真っ直ぐ立つスーツの男達が確認できた。

この段階でプラスふた組だが、他にもまだ配置されているかもしれない。

力業を行使した以上、本腰、ということなのだろうか。

新海は大きく息をついた。

「HUの所属、らしいですね。二人とも普段はどんな顔で、どんな職場にいるんです？」

少なくとも、負け惜しみ以上の破壊力を以ってHUコンビには伝わったようだ。

「貴様っ。どこからその情報を手に入れたっ」

声を荒らげたのは角刈りだが、銀縁眼鏡も一瞬の表情に、驚愕は明らかだった。

HUコンビがひた当ててくる殺気にも似た強い視線を、新海は一身で真っ向から受けた。

「おい。新海」

背後から肩を叩いてくるまで、瀬川の存在すら、わずかな時間だったが失念していた。

「ハザード点けてるタクシーが停まったぞ。あれじゃねぇのか」

反射的に振り返った。
瀬川が交差点の方を見ていた。
そこに、一台のタクシーが停車していた。
ただし青梅街道から左折してきたようで、停車したのは横断歩道の向こう側だった。
「しまったっ」
新海は思わず声を上げた。
上手の手から漏れた、二滴目だった。
〈ど真ん前から乗ったら、同じように新宿署にも横付けしてど真ん前で降りろ〉
告げ忘れた。
言えなかった。
タクシーから降り、横断歩道上に姿を現したのは間違いなく太田だった。
新海達に向けて手を上げた。
「瀬川。急げっ」
新海が叫ぶ前に瀬川は走り出していた。
背後からＨＵコンビの靴音もした。
通りの向こうでも同様のＨＵが、こちらの動きに合わせるように走っていたが、始動は
間違いなく瀬川が一番早かった。

ＨＵは全体、新海と銀縁眼鏡の対峙にあらかたの神経を傾注していたようで、タクシーの到着にわずかに遅れた。

横断歩道が、青信号の点滅を始めていた。

太田がこちら側へと足早に渡り始めた。

他に今から渡ろうとする一般人は皆無だった。

こちら側から、青梅街道沿いにいたＨＵの一人だけが白線に足を掛けた。

距離的に瀬川より五歩先だった。

太田がこちらを見ながら、もう一度手を上げた。

「武州の若頭ぁ。どうもぉ」

「馬鹿野郎っ。走れぇ！」

そのときだった。

信号が黄色に変わった青梅街道から、一台の車がタイヤを鳴らしながら横断歩道に進入してきた。

パジェロだった。

「太田ぁっ」

届かないもどかしさに、新海は思わず叫んだ。

瀬川は目一杯に手を伸ばし、一番近くに迫っていたＨＵはその場で立ち尽くした。

すべては一瞬の出来事、と表現するしかなかった。

走ってきたパジェロは、ノーブレーキで太田の身体を宙に撥ね上げた。

まるで、無慈悲な鋼鉄の猛牛だった。

右手を上げ、笑顔を張り付かせたまま、太田は折れ曲がった。

人としてそれは、あまりにあり得ない角度だった。

折れ曲がって宙に高く放物線を描き、そのままアスファルトに激突して転がった。

上げた片手も笑顔もそのままに、太田は有り得ない角度に折れ曲がったまま、もう普段の太田には戻らなかった。

なにごともなかったように走り去るパジェロだけが、凍り付いたような一瞬の中に時の流れを刻んだ。

太田は不可思議な物体として、ただそこに転がっていた。

太田だったモノから流れ出す赤黒い血が、パジェロが去った方向を示すように、まるでアスファルト上に引く澪《みお》のようだった。

ちょうど、新海や銀縁眼鏡からはほぼ真横の路上だった。

一番近いのは通り向こうのＨＵだ。

「きゃぁぁーっ」

通り掛かりの黄色い悲鳴が、凍り付く一瞬を割った。

「お、太田ぁあっ」

歩行者信号は赤だったが、瀬川は横断歩道を向こう側へと走った。

「お、事故だ。人身だっ」

立番の警官が署内に叫び、何人かの警官が慌ただしく飛び出してくる。

辺りは騒然とし始めた。

そんな中、真逆に冷めてゆく男達がいた。

HUの面々だ。

通り向こうで、跳ね飛ばされた後の太田に一番近かったはずの二人は、何も気付かなかった様子を演出しつつ、寄せる野次馬の流れに逆らった。

出来るだけ目立たないように、とは公安の連中に特有の、身体に叩き込まれた倣いだったろう。

二人は努めてゆっくりと横断歩道に向かい、そこで警察署側から渡った別の二人と合流し、そのまま青梅街道を新都心歩道橋方面に消えた。

離脱、という奴だった。

行動を制限されるアクシデントに突き当たったとき、公安の連中は行動を中断してその場から去る。場合によっては、去った瞬間から案件そのものを放棄する。

新海はゆっくりと身体を右手、アイランドタワー側に向けた。

少なくとも銀縁眼鏡と角刈りのＨＵコンビは、消えることなくそこに立っていた。

それが垣間見える、この二人のせめてもの矜持だったろうか。

二十八

「くそっ。新海！」

瀬川が戻ってきた。

新海はただ、ＨＵの二人組を見詰めて立っていた。

二人も動かなかった。

図式は太田を乗せたタクシーが到着する直前の睨み合いと同じだが、内容はまったく違った。

最前は殺気にも似た二人の視線を新海が一身に受ける形だったが、今は真逆に、新海が強い感情を二人にぶち当てる格好だった。

瀬川の雑な足音が、新海の真後ろで止まった。

「なんなんだよ、あれぁ。なあ、新海。あれぁ、なんなんだよっ」

瀬川の声は、上擦っていた。涙もあったかもしれないが、新海はそちらを見なかった。

いや、見られなかった。

何一つ、守れなかったのだ。

友達として、瀬川との約束が。

警察官として、太田の命も。

瀬川だけではない。

湧き上がるものは新海の中にもあった。腹の奥から胸の奥から、沸々と湧き上がってくる熱いものだ。

慚愧、無念、憤怒、憤怒、憤怒。

向こう傷の冷静さを、ときに感情は凌駕する。

冷静の向こうに突き抜ける感情は、逆巻く怒濤だ。

新海は、夜空を見上げた。

大きく息を吸った。

夏の夜気は蒸し暑かったが、吐き出される呼気は夜気よりなお湿って、熱かった。

足は、自然に動いていた。

新海はおもむろに進み、ＨＵの二人に近づいた。

逃げも隠れも、それどころか、身動《みじろ》ぎ一つしない二人だった。

「こうまでして、尻ぬぐいしてやらなければならない奴って、なんですか」

努めて、静かに抑えて言ったつもりだった。

にもかかわらず、声は震えを帯びていた。自分でもわかった。

それでもう、無理だった。

感情は怒濤となり、迸った。

「人一人を見殺しにしてまで欲しい情報って、なんなんですかっ！」

天を突く、怒りだった。

周囲の野次馬が驚いたように振り向き、何人かの警官も訝しげな目を向けた。

「おおっ。俺より凄ぇ」

背後から瀬川の感嘆と、なぜか小さな拍手が聞こえた。

(なんだよ。場違いだろうが)

その場違いに、知らず新海はかすかに笑えた。

それがなかったら、蟷螂の斧を振り上げていたかもしれない。

銀縁眼鏡や角刈りを殴るという行為は、公務執行妨害から暴行罪、あるいは傷害罪までを内包し、勝ち負けで言えば、浅草東署の刑事とHUでは考えるだけ無駄というものだった。

(持つべきものはこういう場合、友ってことか)

それが瀬川藤太という男の、もともとの気質か、新海を思っての友情かはいざ知らず
――。

とにかく、新海はそれで心の乱れを収められた。

渡る風が、額の向こう傷に涼やかに感じられた。

今しなければならないことは、やり場のない泥のような感情を他人にぶつけることではない。

「見てくださいよ」

新海は辺りを見回した。

新宿警察署から多くの警官が出て、作業が始まっていた。

横断歩道上にはパイロンとバリケードテープで規制線が張られ、青梅街道側からは早くも通行止めになっていた。真反対のアイランドタワー側も中央通りからの侵入はない。

今はまだ車道と向こう側の歩道が封鎖されただけだが、野次馬が増え続ければいずれ、警察署前側も全面的に封鎖されるのは確実だった。

太田の遺体はブルーシートに覆われ、すでに検視が始まっているようだ。

闇を割くような警笛がひっきりなしに吹かれ、遠くから救急車のサイレンも聞こえてきた。

走り回る警察官の数が、この一瞥の間にも増えていた。

「ここは表の警察官の、俺達の現場です。太田なんてチンピラ一人の死に、いや、そんなことはまだ知らないだろうけど、みんな一生懸命です。一生懸命なんです。大義も大道もないかもしれませんけど、間違いなく人道はあって、正義はあります。もちろん、ここだけに、表だけに正義があるなんて青臭いことは言いませんけど。ただ、見てくださいよ。見ましたか?」

新海はもう一歩前に出た。

「こうなった今、ここは表の現場です。権謀術数なしで、汗水垂らして事件を追う、ただそれだけの現場です。闇の方は闇の中へ。闇の奥へ。どうぞ、お引き取りを」

新海は軽く頭を下げた。

銀縁眼鏡も角刈りも、何も言わなかった。何も言わず、黙って立っていた。

黙って立ち、やがて黙って顔を見合わせ、頷き合い、そして、黙って野次馬の中に紛れていった。

荒い足音があって、熱い塊が寄ってきた。

「けっ。なんだってんだ、あいつらぁ。薄気味悪ぃ。感情ってなあ出すもんだぜ。悲しきゃ悲しいって、悔しきゃ悔しいってな」

瀬川が真理《しんり》を吐き捨てた。

「でも瀬川。出し方の違い、だけかもしれないぞ」

「――なんだあ?」

答えず、新海はそれまでHUの二人が、正確には銀縁眼鏡が立っていた場所まで歩いた。

インターロッキングブロックの地面に、一枚の丸めた紙が落ちていた。

落ちているというか、去り際に銀縁眼鏡が振るような仕草で、手の中から落としていった物だった。

拾って広げた。

名刺だった。裏が小さなカレンダーになっていた。アイデア名刺というやつだ。

紙の質や状態からして、かなり古い物だった。

その証拠に、カレンダーは一九九〇年、平成二年のものだった。

新海の表情と心が、少しだけ緩んだ。

「HUってのは、いや、公安ってのはおそらく、たいがい面倒臭いんだろうな。それがわかるってもんだ」

「へえ、そうかい。俺にゃあ、今のところまったくわからねえがな」

「まあ、そうだろうな。説明してやる。けど、少し待て。こっちに時間が掛かる」

駅へと向かって歩きながら、新海は携帯を取り出した。電話を掛ける。

相手は、すぐには出ないと端からわかっている、いつもの男だった。

「瀬川。遅れた感が満載だけど、やってやろうじゃないか」

待つ間に、新海は瀬川に向き直った。

「ん？　おっと。やる気か？　そうこなくちゃ」

瀬川は手を打った。

「やられっ放しは、性に合わねえ」

「そうだよな。HUまで出てきて、上が、そのまた上が、海の向こうまでがって飛び道具みたいな話になるなら、こっちもいっちょ、大砲をぶっ放してみるか」

「いいな。――で、何をやるんだ？」

「なぁに、力業には力業だ。歪んだものを歪みで返す。だからって真っ直ぐにはならないだろうがな。で、この名刺の説明をしながら、細かいところを煮詰める。そのためにな」

新海は携帯を耳の脇で振った。

「ああ。なぁる」

瀬川にもそれで通じたようだった。

と同時に、ちょうど電話も通じたようだ。

以心伝心。

ここぞというとき、繋がるべきものは、すべからく繋がる。

それが新海にとって、友達というものの在り様だった。

――いそが。

「忙しいなんて言ってくれるなよ。集合だ。知恵を出せ。あ、ついでに呑み代も出せ。なんといっても」

弔いの酒なんだと言って、新海は瀬川と歩き始めた。

青梅街道方面に、救急車のサイレンが煩いほどだった。周囲の喧騒もさらに膨れ上がっていた。

わかった、とだけ坂崎は言った。

これも以心伝心だ。〈本気〉の呼び出しだと、そう理解すれば逆らわない。

坂崎は頭が良くて几帳面で端麗辛口な優男で、女性は可愛い可愛い系が好きで、運動音痴で腕力もないだけの男ではない。

だから、十五年以上も付き合いのある友達なのだ。

集合場所を茜も交えて訪れた内堀通りの老舗ホテルの最上階に指定し、電話を切った。

「なあ、そこってよ。俺も知ってるくれぇってこたぁ、高《たけ》えんじゃねえのか」

高いよと即答する。

安いわけがない。高級ホテルの最上階なのだ。

自分では行かない。行けない。

坂崎の金だから行く。行ける。

友達は、いいものだ。

駅に到着すると、瀬川が片手を上げた。

「悪ぃ。俺ぁ野暮用を片づけてから行くわ。先にやっててくれ」

笑うが、笑顔は歪んでいた。

こっちも長い付き合いだ。

そんなとき、瀬川がなにを考えているのかは手に取るようにわかった。

「朝森か？」

へへっ、と歪んだ笑顔のまま、瀬川は鼻を擦った。

「このままなんにもなしじゃあ、業腹《ごうはら》だからな」

「わかるけど、あいつが直接何かをしたわけじゃない。下手に手を出すと、親方に迷惑が掛かるんじゃないのか」

「それ言われっと少し萎むがよ。朝森にゃ、俺の車も盗られたってことにしてあっからな。捕まえようとした目の前で吹っ飛ばされた落とし前、俺のメンツってな辺りで凄みゃあ、なんとかなんだろ。ってえか、二、三発くれぇ、なんとでもすらあ」

「強引だな」

「ああ。強引上等。ヤクザだからよ」

それで瀬川は、行ってくらぁ、と背を向けた。

新海もそれ以上は何も言わず、瀬川と別れた。

これも長い付き合いだからわかる。

後から行くと言った。

先にやってくれと言った。

瀬川は、来ると言ったら来る。たとえ這ってでも来る男だ。

そのことに新海はなんの疑いも持たなかった。

（そうだな。朝森はぶん殴れないが、俺は俺に出来ることをしようか）

頭を切り替え、ホームへのエスカレーターに乗りながら、新海は手の名刺をもう一度確認した。

くしゃくしゃになった名刺は、呉方林のものだった。

〈株式会社　桃花通商　代表取締役社長　呉方林〉

それにしても、今では有名無実の会社だ。世の中に広く出回る名刺ではない。

おそらくは、HUだから持っていた名刺。

HUだからと言って、誰もが所持しているはずもない名刺。

その証拠に、名刺には本社として明記された石川町の事務所以外に、別の住所も書いてあった。

〈流通倉庫　大田区西糀谷《にしこうじや》＊＊＊＊〉

それは、坂崎に調べさせた資料にさえ載っていないものだった。

名刺を持ち、堂々と倉庫の住所を書くくらいだ。

一九九〇年には、桃花通商はまだ額に汗する真っ当な貿易会社だったに違いない。

妻の兄の名と年月が、呉方林も会社も変えたのだろう。

（何か、あるんだろうな）

新海は胸ポケットに名刺を仕舞った。

HUの銀縁眼鏡の、わざとらしい置き土産だ。

そこには何かがあるのだ。

表向き中国からの雑貨輸入卸を謳って有名無実のくせに、シャブを仕込んだ車を盗まれる会社の流通倉庫とは――。

商品の倉庫、保管庫、あるいは商談場所、なんでもいい。

捕まえた尻尾は、もう放さない。

これは太田の、いや、プレミア・パーツの三人の、弔い合戦なのだ。

二十九

大田区の西糀谷は、京急空港線の大鳥居駅と糀谷駅の間に位置する場所だった。

北部に新呑川《しんのみかわ》が流れ、住宅と中小の工場が密集する、昔ながらの古い街だ。

呉方林の名刺にあった一九九〇年頃はまだ、現在ほどマンションはなかったに違いない。

古き良き時代を色濃く残す街、そんなところだったかもしれない。

現在はと言えば、羽田空港は近いが、近すぎて逆に、近隣の蒲田などに比べても利便性が高いわけでもなく、特に人口が増加したわけでもない地域のようではあった。

が、それでも昔からの商店街の二代目、三代目で今も頑張り、十分に人通りも活気もある街だ。

桃花通商の流通倉庫は、そんな街にあった。

方角的には、大鳥居駅で降りた環八と産業道路の交差点から北西方向に入ったところだった。

駅前の交差点から真っ直ぐ環八を西へ進み、三百メートルほど先を右に折れると、街の様子は一気に町工場街へと変貌する。

塗装や板金、金属アセンブリや鍍金《メッキ》などと看板を出した事務所や工場が建ち並び、人々の往来よりはマシン類の駆動音や、トラックのエンジン音などが雑多にして賑やかな一角だ。

そこをさらに二百メートルほど行った先の交差点を斜めに入ると、広い一方通行になって五十メートルほどでT字路に突き当たる。

その真正面にあるのが目的地である、桃花通商の流通倉庫だった。

屋根はトタン葺きで、壁はサイディングを重ねた塗装仕上げの平屋だ。

商売を始めた頃の名残か、上の方にうっすらと『桃花通商』の書き文字が見えた。

正面は大型のシャッターで、そのすぐ右脇は出入り用のアルミ製のドアになっていた。

建ぺい率もあるだろうが、敷地一杯に建つのは古い造りということか。

両サイドの他社の工場との境は、人一人通れるかどうかの隙間しかなかった。

いかにも町工場か倉庫だが、間口八間（十五メートル弱）、奥行十間（約十八メートル）は立派なものだ。

実際、中国から真面目に雑貨を輸入していれば、そのくらいの広さは必要だったろう。

正面の壁に切られた腰高の窓は四つあったが、全て網入りの磨りガラスにもかかわらず、ご丁寧に遮光フィルムが内張りされていた。

念入り、厳重にして、ご苦労なことだが、ただの高い防犯意識として受け取れないのは、胡乱《うろん》な男達が出入りするからだ。

シャッター脇のドアの横に、スタンド灰皿が据え置かれていた。

ときおり中から、街並みに不釣り合いなスーツ姿の男達が出てくる。そうして紫煙を吹き上げながら、睥睨《へいげい》するように辺りに目を配る。

倉庫前は常に、そこだけなにやら物々しい雰囲気だった。

明らかに何もないわけはなく、中国からの雑貨のわけもなかった。

いや、ある意味では、〈中国からの雑貨〉、かもしれない。

倉庫の裏手は生活道路というか、工場群の共用通路のようになっていて、フォークリフトなら行き交える幅があった。

桃花通商の裏側にも昔の名残のような鉄製のドアや窓があったが、特にドアは近々に開けられた形跡はなく、錆び付いていた。

太田が死んでから約十日間、新海は計画を着々と進めながら、そんな桃花通商の流通倉庫の監視にも怠りはなかった。

下調べや下準備は、この十日であらかた済んでいた。

三係を交代で張り込みに動かし、計一万と八百円も使ったのだから当たり前と言えば当たり前だ。

三係は優秀なのだ。

約十日、正確には十一日という日数は主に、是非ともご出馬を願いたい登場人物のスケジュールに合わせたからだが、倉庫の様子、呉方林の動き、新海の休み、それに瀬川の祭りなど、様々な要因を総合的に判断した結果による。

まあ、何事にもアクシデントは付き物だが、そのためにスケジュールを合わせてまでご出馬を願った人物がいて、隣には瀬川という飛び道具まで用意してあった。

ちなみに松濤会の朝森は十一日前の夜、鎖骨と眼底を折ったという。

階段から落ちたということにしているらしい。

鎖骨はわかるが、眼底までだと少し強引だ。

メンツのためなら強引上等はどうやら、瀬川だけではないらしい。

と、この情報は三係の富田からだった。

公安、それもHUが掻き回された向島の捜査本部は捜一が引き上げ、ほぼ解散に近いという。向島署員の他には、手伝いの富田と太刀川が残るだけのようだ。

そんな情報も含め、合わせ技に千五百円を支払った。

捜査本部はグズグズのようだが、新海の方は総じて計画は万全だった。

仕上げをご覧じろ、と誰に言ったらいいかわからないが、そう言う他はないくらい順調にして完璧だ。

かくてこの日、金曜の午後一時半、新海は大鳥居の駅前交差点近くにいた。コンビニの前だ。

桃花通商の流通倉庫とは場所的に、道路を隔てた一角だった。

新海の隣には、ヤクザの鎖骨と眼底をぶち折りながら、自身はかすり傷一つ負っていない化物が立っていた。

ゆったりとした紺のトレーニングウェアに濃いサングラス姿だが、ウェアは動きやすさを考慮した結果であり、サングラスは当然、適度に顔を隠すためだ。

瀬川はくわえ煙草で雲一つない青空を、サングラスのくせに眩しげに見上げていた。

意味のわからない行動も、化物の証だったろうか。

ガタイのでかさも相まって、今日の瀬川は三百六十度どこから見ても真っ当なヤクザかった。

真っ黒な刑事だが、少なくともスーツよりは、町工場や倉庫街という場には馴染む感じだった。


――では、そろそろですかね。

新海の右耳に、坂崎の声が聞こえた。

ただし、坂崎は新海に話し掛けているわけではない。

今、新海の右耳には橙色、瀬川の左耳には銀色のイヤホンマイクが、それぞれ装着されていた。

「おっと。いよいよか」

自身の声がイヤホンからも聞こえた。

「ああ。そうみてぇだな」

と答える瀬川の声も、生とデジタルの両方で聞こえた。

変な感じだ。

瀬川は答えた後、おもむろに煙草を揉み消し、交差点向こうを見遣った。

そこには現在、六台の乗用車が連なって停車中だった。

すべて警察の覆面車両なのだが、そんな数で路上に並ぶともはや覆面でもなんでもなく、ただ迷惑な違法駐車でしかない。

その周囲から交差点角のビルまでの範囲を、ヤクザと見紛う厳つい男たちが何人も彷徨《うろつ》いている。

近くの大鳥居交番から制服警官も出て、車道も歩道も別なく交通整理中だが、ヤクザまがいの男達の間にあって、敬語まで使っていると絡まれているようでもある。

もちろん、覆面車両がそれだけ並ぶのだから、全員が私服警官だ。もの凄く手持ち無沙汰にたむろするが、現在背後のビルの二階では、それだけの数が動員されるに足る要人が、店のランチを食べ終えたところだった。

ビルの二階は、トレードマークのツートンのテントが張り出す、チェーンのファミレスになっていた。

新海も手庇で二階を見遣れば、ガラス窓に面した席から坂崎以下、何人かの男達が立ち上がるところだった。

坂崎の右耳にもまた、赤桃色のイヤホンマイクがつけられていた。

三人分はすべて、新海が用意してきた揃いのＩＰインカムシステムだった。

米軍規格をクリアした超高規格品、と説明書には書かれていなかったが、ネットで調べたら出ていた。

三セットの秘話通信がＯＫで、ＬＡＮアクセスだから距離を気にしなくていいという。音声もクリアでレスポンスも早いのは試験済みだ。さらには、超薄型にもかかわらず内蔵のリチウム電池は最大三十日間の待機が可能らしい。

とまあ、良いこと尽くめの優れ物だが、なぜ新海がそんなものを持つかと言えば、ある日ある朝、署の自分の机の上にあったからとしか言いようはない。

新海が浅草東署に異動になって、二日目のことだった。

上野・万世橋署合同で秋葉原のとあるテナントビルに新COCOM違反関係のガサ入れを掛けた際、浅草東署にも応援要請があった。

特に新海と三係に出番はなく、一係が全員で出向した。

丸一日掛かりのガサ入れだったようで、比例して押収品は馬鹿みたいに多かったらしい。

それで浅草東署にも強引に保管の分担があり、運んできたはいいが相当量が署の保管庫にも入りきらなかったようだ。

溢れた物は仕方がないからその辺に置いたと、翌朝、勅使河原課長に聞いたら教えてくれた。

聞いたのは、廊下がなにやらの荷物で歩きにくいったらないだけでなく、黒く艶めく三台のIPインカムシステムが入ったアタッシェケースが、なぜか新海の机に鎮座ましましていたからだ。

ああそうですかと、そのときは中身の確認だけで放置したが、他の押収品がどんどん捌けていってもアタッシェケースはなかなか動かないので、さすがに邪魔臭くなって、誰も使っていないロッカーに移動した。

言い訳ではなく、このとき勅使河原課長には動かす旨を伝えたのだ。

それから、一ヵ月。

忘れていたことを思い出したとき、いまさら、という事態はよくあることだろう。

「ん？　そうだったかな。あはは」

勅使河原は乾いた笑いで誤魔化し、視線を感じて振り向いたところにいた町村署長は、

「使っちゃえばぁ。便利みたいだよぉ」

と、なぜ中身のことを知っているのかはさておき、そんなことを実に愛らしい笑顔で、器用に悪戯げな声で言った。

それからというもの、ＩＰインカムシステムはほぼというか全面的に、新海の私物だった。

同種同型にして色が違うのは、新海が亡き父の仲間だった塗装屋に頼んで塗り替えて貰ったからだ。

さすがに、違反捜査の押収物をそのまま使うのは気が引けた。

当然ただで頼んでいるから、色はそのとき余っている塗料でいいということにした。

――へっへっ。いっぱいあるよ。任せときな。

凝り性な親方は、綺麗に三台三様の三色で仕上げてくれた。

瀬川のメタリックな銀色に、新海はシルバー・ムーンの呼称をつけた。

坂崎の分には、レッド・サンと赤を強調してみた。

自身の橙はブライト・ネーブルだ。

選んでくれた色はどれも、印象的で綺麗な色だった。

本職だけあって仕上げもさすがだ。

ただ、問題がないわけではない。

――いかがです？　お疲れではございませんか。

インカムにヘラヘラとした声が聞こえた。

坂崎ではない。遥かに年配だ。

おそらく所轄の蒲田署の、岡部署長の声だった。

ビルの外にたむろする連中が、蒲田署警備課警護係の猛者《もさ》達だとも新海は知る。

そして、署員数約四百名にして、およそ十万世帯を管轄する大規模署の署長にヘラヘラとした声を出させ、警護係をほぼ根こそぎ動員させた人物こそが、今回の主要登場人物だ。

当然、坂崎なんかではない。

――ああ。問題はない。この程度の視察で音を上げていては、災害救助の現場には足を踏み込めない。

太く静かに、自信に満ち溢れた声だった。

坂崎の親父、国家公安委員長・防災担当大臣、坂崎浩一の声だ。

知恵を貸せと頼んだ新海の心に坂崎が応えた結果が、この日の浩一の登場だった。

三十

——わかった。どうせなら仰々しい大名行列がいいな。うちの大臣を使おう。適任だ。

呑んで酔った勢いは間違いなくあっただろうが、坂崎がそう言った瞬間に、朧《おぼろ》げだった新海の計画の輪郭がハッキリしたと言ってよかった。

新海がそう決まるように誘導した面もなくはないが、坂崎がわかって乗ってくれた面もあり、

「どうでもいい。俺ぁなんでもやるぞ。早く決めろ」

と瀬川が急かすのはいつものことだった。

話さえ通れば、手を差し出してくれる。

坂崎浩一はそういう男だという認識が新海にはあった。

〈義を見てせざるは勇無きなり〉

これは新海が小学生の頃、直接に坂崎浩一から教わった言葉だ。

——なあ、新海君。おじさんは、そういう心構えでありたいとは思うんだ。いや、そうい

う心構えではあるんだ。でも、実践はなかなか難しい。

当時、浩一は強引強欲な大地主の娘婿でしかなく、そんな義父に送り出された県議会議員でしかなく、藻掻いていた。

次期与党幹事長最右翼と目されるほどの貫禄になったのは、国会議員になってからだ。

磨かれたか、表出か、いずれにしろ、坂崎浩一は義憤を知る。

加えて言うなら、この依頼にはプラスαもある、と新海は踏んでいた。

――いいだろう。喜んで、というわけにはいかないが、新海君にはこれまでも、親子でずいぶん世話になっているようだしな。

やはり、新海と坂崎のバーターを浩一は理解していたと、そのことが序《つい》でに確認できた。

ただし、計画的には危険なことも後ろ暗いこともしないわけではないが、浩一にさせるわけではない。

浩一が首を縦に振りさえすれば、お膳立ても実動も、受け持つのは当然新海達だ。

まず前日の午後になって、いきなり浩一から蒲田署の岡部署長に直電を入れてもらう。

――ああ。署長の岡部君かな。少し手が空きそうなものでね。急で悪いが、明日、内々で現場の視察をしたいと思う。よろしく計らってくれたまえ。

一所轄の署長が逆らい得るわけもない。たとえ警視総監であったとしても同じだ。これですべてが動き出す。

内容を煙に巻くように、一気に詰めていくのは公設秘書であり、息子であると知られている坂崎の役どころだ。

「初めまして、秘書の坂崎和馬と申します。え、あ、はい。不肖の息子でございまして。ではさっそくですが、簡単にスケジュールを。えー、明日は大臣ともども、私どもが九時半に伺わせて頂きまして、まずは署内の視察、その後、近隣地域の巡察という流れになり、昼食はランダムに途中のどこかでと考えております。それにしても大臣は気紛れな方なので、飽くまで想定止まりではありますが。――え？　あ、はい。外に出るということで。まあ、それにしても大臣は、急なお願いなので、くれぐれも内々の、いわゆるお忍びで、と申しております。現場に過大な迷惑は掛けたくないということで。――ええ、はい。それはもちろん。署長には決してご迷惑はお掛け致しません。どうぞご安心を。――え、なぜ蒲田か、ですか？　特にどうということはございません。むろん、落ち度とかあら捜しとか、そういうことでもございません。強いて申し上げるなら、先日、大臣が国立科学博物館で『日本の最先端科学技術』という展示会を観覧致しまして。興味深かったようで、大変、印象に残っているとか。そこへ、今回の視察の件です。大臣はすぐに大田区だと。――ええ。私どもも疑問に思いましたところ、なんでも八月初週は機械週間、メカウィークとか言うそうですから、これは機縁だと。それで、町工場と言えば大田区だと大臣が申しまして。――あ、はい。岡部署長の蒲田署にさせて頂いたのは私でございます。やはり、内々のお忍びと言っても、小さな所轄ではご迷惑は間違いないでしょうから。せめて大きな署にと。これには大臣も納得されまして。蒲田署なら間違いはなかろうと。――ええ。大田区を管轄する第二方面では、たしか蒲田署は、唯一の大規模警察署でしたよね。岡部署長」

昨日の午後から、蒲田署では上を下への大騒ぎだったことだろう。

この日の朝九時半ちょうどに、坂崎浩一国家公安委員長・防災担当大臣が乗るハイヤーが、岡部署長以下の出迎えがずらりと並んだ蒲田署の玄関先に到着した。

内々、お忍びを自ら体現するスポーティーな格好でハイヤーを降りた浩一の同行者は、お付きもへったくれもなく、わずかに和馬一人だけだった。

ハイヤーの運転手はタクシー会社差し回しだから、当然として随行の人数にはカウントされない。

――あの、秘書官。これだけ、ですか。

イヤホンからはおそらく坂崎に囁く、そんな岡部の戸惑いが聞こえた。

――ええ。お忍びですし、蒲田署の方々は皆さん、優秀だとお聞きしましたから。今日はよろしくお願いします。

この辺の受け答えは想定内だから、打ち合わせした通りだ。

それから約一時間掛け、署長の案内で坂崎親子は署内を巡った。

新海と瀬川が大鳥居の駅前に移動したのはこの間だ。

歩きながらでも坂崎のイヤホンからの情報により、蒲田署側の警備計画は簡単に判明した。

案の定、署長のほかに警備課の警護係と地域課の特別警邏《けいら》係、それと生活安全課の指導係から十人程度が動員されるということだった。

それにしても、息子一人がつくだけの本当のお忍び視察だとは思っていなかったらしく、急遽署内のいたる係から掻き集められる感じで、この人数はあっという間に倍増された。

坂崎親子と署長を乗せた署長公用車を、二十人が分乗した覆面車両三台ずつで前後を固め、適当に地域を回ってお茶を濁す、最終的にはそんな計画のようだ。

が、そんなお気楽極楽に乗っかり、お気楽極楽には済まさないのが、新海達の計画だった。

「けっ。一人の視察に二十人で六台かよ。なあ新海。こういうのを税金の無駄遣いってえんじゃねえのか」

「そうだろうが、俺に言うな。どうにもならない。――坂崎、打ち合わせ通りだ。車は上手く断れよ。やんわりとな」

少し間を置き、

――わかってる。くどくど言わない。

と、小さな吐息のような声で囁いた。

そんな声も鮮明に拾う。

さすがに、米軍お墨付きのＩＰインカムシステムは高性能だ。

新海と瀬川は大鳥居駅前のファミレスでゆったりと珈琲を飲みながら、そんな全容を確認した。

「じゃ、今のうちに飯でも食っとくか」

「おっ」

新海の提案に、瀬川が揉み手で頷いた。

ホールスタッフに注文をし終えたとき、ちょうど署内の視察を終えた大名行列が、蒲田署を出発した。

ここまで、すべて予定通りだった。

坂崎は用意された覆面車両を断り、大臣と一緒に先に立って環八に出た。

――え、あ、あって。あ、お、しゃ、車両の運転手は徐行だ。徐行でついてこい。私は大臣と歩く。こ、公用車はなし。あ、だ、大臣、お待ちくださぁいっ。

坂崎のやんわりは及第点だったが、それでもキャリアの署長となると、ＮＯを突きつけると面白いくらいに大慌てだった。

そこから途中、寄り道しながら巡察もこなしつつ東進してくる手筈だった。

環八沿いの道程だけでおよそ二キロだ。寄り道を考えればそれ以上で、大鳥居の交差点到着は十二時半前後と予想していた。

目についた場所に寄り道をする大臣と、振り回される署長の遣り取りは実に面白いというか、面白過ぎた。まるで宴会芸だ。

ときに笑いをこらえながらの昼食を摂《と》り、新海と瀬川がファミレスを出たのは、十二時過ぎだった。

「坂崎。ファミレスから離れた。いつでもいいぞ」

――了解。

坂崎はすぐに、岡部署長にそれとなく大鳥居駅前のファミレスを示唆した。

それから十五分もすると覆面車両がやってきて停車し、駆け上がる何人かがあった。

柔軟な警備計画の変更、いや、追加というやつだろう。

店側となにがしかの交渉があってまとまったらしく、最初ワチャワチャとしていたが大人しくなる。

そうして予想通り十二時半を回る頃に到着した大名行列は、全員がファミレスの中に待つことなく席を確保できたようだった。

――明日からに影響を及ぼしてもなりません。午後からは是非、お車に。

そんな岡部署長の声が聞こえた。

当然、大臣に向けたものであり、

――なに、明日は休みだ。気にしないでくれ。

と、こちらも当然、大臣からの答えはＮＯだ。

ああ、という岡部の溜息までイヤホンマイクは拾った。

――すみません。大臣に悪気はないのですが。

坂崎が取りなすように言った。

ほう、そんな物言いもできるようになったとは、さすがに大臣の公設秘書だ、と新海は感心もしたが、声に漏れるとすぐ伝わるマイクの性能を警戒し、かえって固く口を結んだ。

――いえいえ、お気遣いなく。一生小間使いの宮仕えは、私程度のキャリアの既定路線ですからな。

なにやら、慰める必要があるのかすら判別がつかない言葉だった。

――はあ。

坂崎の返答もやはり曖昧だ。

——そう言えば、先程から気になっていたのですがね。秘書官、その右耳のは、ずいぶん珍しいインカムですな。

——えっ。あ、これですか。そうですね。新型です。

——ほう。新型。羨ましいばかりです。うちの署などは大規模署とはいえ、いえ、大規模署だからこそなかなか予算がまとまらず、ありとあらゆる備品が旧式ばかりで。

——そうなんですか。では、どうなるかはわかりませんが今日のお礼に、大臣から本庁に予算の忖度を打診してみましょうか?

おお、上手い。忖度の打診、……なんのこっちゃ。

——ああ。いえいえ。それは結構。私どものところは、まだまだ使えない奴が多そうですから。かく言う私もいまだにガラケーで。

——えっ。それはどういう。

——えっ。どういうって。あれですよね。それ、ｄｏ＊ｏｍｏですよね。色からして。

そう、ただで頼んだ分、塗装屋に任せた結果の問題がこれだった。

仕上がったインカムマイクを並べ、塗装屋は得意げに胸を張った。

——へっへっ。面白いっていうか、わかりやすいでしょ。

この塗装屋は、携帯電話会社すべてに、各所から出入りする業者だった。

ということで、この三社に使用する塗料なら腐るほどあった。

つまり、シルバー・ムーンと名付けた瀬川のメタリックな銀色はＳｏｆ＊Ｂａｎ＊シルバーであり、レッド・サンは岡部署長にも見抜かれた通りｄｏ＊ｏｍｏレッドで間違いなく、新海のブライト・ネーブルは言うまでもなく、そして誰が見てもａ＊オレンジだ。

それぞれ一つでもインパクトはあるが、三つそろうとさらに携帯会社感が際立って、存在感は、三倍増しどころではない。

悪くはない。

悪くはないが、こういう物は目立たないのが前提のような気がするのは、新海だけではないようだ。

坂崎と岡部の遣り取りを同時に聞いていた瀬川が、隣で新海の脇腹を突いた。

「ほれ見ろ。塗装代をけちるから、こういうことになんだぜぇ」

仰せの通り、とは悔しいから言いたくない。

すると、

——まったくだ。

坂崎の声がイヤホンから聞こえた。

——え。まったくとは、なんでしょうかな。

岡部が聞き咎めたようだ。

——あ、いえ。こちらの話で。

新海は目を細め、頭を掻いた。

優れ物は優れ物で、使い方次第では、どうにも遣り取りがややこしいようだった。

三十一

午後の一時半を過ぎた頃、坂崎大臣を先頭にした大名行列は、ようやく大鳥居の駅前から動き始めた。

産業道路を渡って環八沿いをさらに先に向かった。

覆面車両もノタノタとまた徐行を始める。

——あの、大臣。あまり署から離れますとお帰りが。

署長がか細い声を出すが、大臣からの答えは特にイヤホンには聞こえなかった。

「じゃ、俺はちょっと見てくる」

新海は瀬川にそう告げ、環八のこちら側を、対岸の行列に合わせるようについて行った。

瀬川はと言えば、コンビニの前を動かないで煙草を吸った。

正確に言えば中に入り、アイスコーヒーは買った。

動かないのは、行列は食後の散歩程度に進んだら、戻ってくるとわかっていたからだ。

三十分ほど環八を東進した行列は、そこから路地に入って住宅街を巡察し、やがてUターンを始めた。

「問題なしだ。これくらいやればもう立派な視察っていうか、あの親父さん、本当に視察に使ってくれたわ。やるなあ」

と、感心することしきりの新海がコンビニに帰ってきた。

行列に先着すること、十五分は前のことだった。

コンビニでアイスコーヒーを買い、ひと息つくと新海は先に立った。

「じゃ、行くか」

「おう」

瀬川は、そんな新海の後からついていった。

新海が先に立つ。

後ろから瀬川が歩く。

いつもそんな関係だった気がする、と瀬川は思った。

（へっへっ。変わんねえや）

隣に並ぶことはあっても、前に出ることはない。

瀬川が一人で前に出るときとは、決まって激情に駆られたときだ。

思い返しても、何度考えても、あまりいい結果にはならなかった気がする。

だから、ついていく。

それがいつの間にか定まった、新海と自分の在り方だった。

なにより、ついていく方が楽でいい。

何も考えなくていい。

それで、このときもそうした。

そうしたと言うか、身に付いているスタイルだ。

しかも、このスタイルは長いからなんとなくわかる。ジンクスのようなものだろうか。

新海の背中が大きく見えるとき、たいがいのことは上手くいく。

上手くいくのだ。

交差点をファミレス側に渡ると、最初に確認した大臣のハイヤーがハザードランプをつけて停車するところだった。

新海が片手を上げた。運転手を知っているのだろう。

渡って二人で向かった先は、環八を西へ三百メートルの工場街を、右へ折れて二百メートルの交差点を斜めに入る、広い一方通行の角だった。

曲がれば、桃花通商の流通倉庫まで五十メートルだ。

いったん通り過ぎて、コンビニを見つけた。

イヤホンマイクに色々な会話が飛び込んできた。

――えっ。いや、あの、だ、大臣。何か、お気に障ることでも。

岡部が騒いだ、ある意味、計画通り、といえる。

大鳥居の交差点に行列が近づいたか、到着したのだ。

待ち構えるハイヤーに乗れば、それで坂崎浩一はお役ご免となる手筈だった。

――いや。もともと、どうしても外せない用事があってな。続きの巡察は倅に指示してある。あとで私が見られるよう、録画をしろともな。まあ、署長、そういうことで、よろしく頼む。

――は、はあ。

そうしてすぐに坂崎の声が聞こえ、車のドアが開く音がした。

大きさからして、おそらく坂崎はハイヤーの後部ドア近くに立っているようだった。

大分、イヤホンマイクの距離感が想像できるようになってきた。

いい感じだ。

その後に聞こえた衣擦れは、大臣が後部座席に乗り込むときの動作音だろう。

――和馬。私の声は新海君に届いているな。このまま話して大丈夫か。

浩一はそんなことを言った。間違いなく車内だ。

――はい。

――そうか。なら、新海君。私にできるのはここまでだ。頑張りたまえ。

最後のひと声が少し遠かった。

ドアの閉まる音がした。

エンジン音。

お気をつけて、と岡部の声。

「さぁて。そろそろ、俺らの出番だな」

瀬川が言えば、新海は緩く首を振った。

「俺らじゃない。ここからはお前だ。全部、お前に掛かってる。っていうか、掛けちまった。――なあ瀬川。やっぱり俺も」

「馬ぁ鹿。警察官が裏事に手ぇ出すんじゃねえよ。何回言わせんだ。なぁに、俺は俺でよ、ウズウズしてんだ。任せろよ」

瀬川は指を鳴らした。

「さっきの、坂崎の親父の逆だな。俺が出来るのは、こっからだ」

言葉通り、ここからが瀬川にとっての本番だった。

やり直しの利かない、一回こっきりの本番だ。泣きの〈もう一回〉もない。

しくじりは恐らく、死を招く。

それでも笑う。

笑う門にはいつでもよぉ、いつでも福が来るんだぜぇ。

これは武州虎徹組の、相京忠治の口癖だ。

――では、動きましょうか。ビデオを回しますが、皆さん、硬くならないでお願いします。

イヤホンマイクに、坂崎のよそ行きの声が聞こえ、乾いた一同の硬い笑い声も聞こえた。

これがだいたい、三時を回った頃だった。

「じゃあな」

瀬川は踵を返した。

「ああ。頼りにしてる」

片手を上げて応え、交差点を左に進む。

すぐに、動き出した新海の靴音が背後に聞こえた。

打ち合わせ通りなら、新海は交差点を直進したはずだった。

――瀬川。頼りにはしてるが、もう一度念押しに言っておくぞ。お前の命が最優先だ。気をつけろ。

新海の声はもう、デジタルの方からしか聞こえなかった。

「ま、聞くだけは聞いたぜぇ」

瀬川の足に躊躇はなかった。何度も確認した手順だった。

水・金の午後の二時頃と四時半過ぎ、毎週計四回、流通倉庫のシャッターは開く。

サングラスの男を運転手にしたＢＭＷで二時頃に顔を出し、四時半を過ぎて銀座に向かい、愛人と飯を食い酒を呑み、持たせてやった店に顔を出す。

それが呉方林という、チンケなチャイニーズ・マフィアの毎週の動きだった。

調べ上げたのは新海の部下の、たしか新井という男で、ホステス何人かにそれとなく裏を取ったのは、蜂谷という女だ。

呉方林のいるときを狙って倉庫で騒ぎを起こす。通り掛かりの警官を引き込む。

かくて、HUの銀縁眼鏡が示唆した、桃花通商の流通倉庫の中身を白日の下に晒す。

それが、新海が坂崎と立てた計画の大枠だった。

呉方林とサングラス男と、調べた限りでは三、四人が常駐しているようだ。

合わせて六人は、瀬川なら一人でもなんとかなる。

(見てろよ。太田)

瀬川はT字路の左側、一方通行の出口側から流通倉庫を目指した。

緩やかに左にカーブした道だ。直に見えないのは、瀬川にとっては好都合だった。

ポケットから取り出したグローブをはめた。革製フルフィンガーのファイティンググローブだ。

指紋のこともあるが、拳を握った際の打撃面には、中に鋼板が仕込んであった。

ついでに言うなら二の腕と脛にはガードプロテクターを装着している。トレーニングウエアがゆったりしているのはそのためだった。

足元は最近流行りの、ランニングシューズに見えて実は爪先に硬質プラスチックの入った安全靴だ。

戦闘モードとして、瀬川は万全だった。

倉庫前にスーツの険呑な男達が出てくる一瞬、ドアの鍵が開けられる。

そこに飛び込み、内で徹底的に暴れまくる。

単純だが自分にしかできない、それが瀬川の役目だった。

ゆっくりと歩き、T字路目前に至る。

瀬川はいったん立ち止まった。

「新海。どうだ」

イヤホンマイクに声を掛けた。

——裏手に到着。いつでも。

所轄の人間に顔を見せられない新海のスタンバイは、裏手だった。

これは瀬川が決めたことだ。新海は愚図ったが、裏から逃げ出そうとする奴がいた場合の押さえだ。

もちろん、自分の手で全員ぶちのめすつもりではいたが。

「うし。じゃあ、坂崎はどうだぁ」

——十。

坂崎の返事は、決めてあったコードのようなもので、一方通行の入り口までの時間だ。

急げば十分で、坂崎は警官行列を引き連れて現れる。

それが坂崎の役割だ。

いい頃合いだった。

「じゃ、行ってみるぜ」

五歩進んだ。

倉庫前のスタンド灰皿が目に入った。今風のアルミ製ではなく、昔ながらの鉄製だった。

誰もいなかった。

瀬川の口から思わず舌打ちが漏れた。

「いねえや」

――二十。

坂崎から変更のコードがあった。

回り道なり寄り道なりで、二十分後に着くように動きを変える、そういうことだ。

瀬川は大きく首を回した。

「いや。いい。待ってられねえ」

――おい。なにする気だ。

これは新海の声だ。

「へへっ。こうすんだよ。っても、お前ぇらにゃ見えねえか」

瀬川はスタンドを持ち上げた。

いい重さだった。

「せぇのっ」

頭上に差し上げ、勢いをつけてガラス窓に叩きつける。

網入りガラスは防犯性が高いと思われがちだが、高いのは出火時の防延焼性だ。衝撃には普通のガラスと大して変わらなく脆い。

ガシャッと伸びのない音がして、網入りガラスに一発でヒビが入る。

続けて二回でもう、内部の針金も切れて大きな穴になった。

瀬川はそこから灰皿を倉庫内に投げ込んだ。こっちの方が凄い音がした。

中が騒がしくなった。

瀬川はおもむろに、アルミ製のドアの前に立った。ドアは内開きだ。

鍵の開く音がした。

待ってやる義理は欠片もなかった。

「よっ」

瀬川はドアを思いっきり蹴り飛ばした。

ぐえっと蝦蟇《がまがえる》が潰れたような声を、闘いのゴングだと瀬川は聞いた。

「始めるぜぇ」

イヤホンマイクに告げ、瀬川はのたりと中に入った。

「邪魔するぜっ——て、おい」

ドアの内側でのたうつ男は爪先を蹴り込んで大人しくさせたが、そこで一瞬、瀬川の動きは止まった。

奥はパーティションに仕切られた小部屋が連なっていたが、手前は広くガランとしたスペースだった。

そこに、車が二台あった。

一台は呉方林のBMWで呉方林とサングラス男がいた。ほかに織り込み済みの四人の内の残り三人もいたが、それだけではなかった。

もう一台は、ベンツの黒いバンだった。

いやに険呑な気を撒き散らす男達が四人と、呉方林と同じような齢回りの、ボスめいた男が一人いた。

テーブルの上に、開いた小振りのアタッシェケース。白い粉の袋。

足元に、大きなジュラルミンのケース。

「よりによって商談中かよ。ついてるやら、いねぇやら」

瀬川は密輸や密売を扱ったことはない。が、もっと若い頃、ひょんなことから鬼不動組の、今と似たような現場に立ち会ったことが何度かあった。

テーブルの上にジュラルミンのケース。白い粉の袋。
——どうした。商談って、おい、瀬川っ。
新海が喚く。
「煩ぇな。なんでもねぇよ」
と強がってはみたが、合わせて十人は、瀬川をしてなかなかつらい、かもしれない。
が、それでも笑う。無理にも笑う。
笑う門には、いつでも福が来るのだ。

三十二

瀬川は腹に、覚悟と闘気を落とした。
——八。
冷静な坂崎の声が聞こえた。
「八分かっ。うしっ」
瀬川は気合をつけ、コンクリ打ちっ放しの床を蹴った。
先手必勝は特に柔道の極意ではないが、喧嘩の常道ではある。
織り込み済みの方の二人が近かった。態勢が整わないうちにぶちのめす。

真っ直ぐ打ち抜いた拳は、ファイティンググローブの威力もあって、一人目は一撃で沈めた。

二人目は三撃掛かったが、とにかく床に叩きつけた。

場馴れしていた奴のようで、適当な反撃もあったが、先は長い。気にしない。

取り敢えず、いい調子だった。そう思い込むことにした。

「お前、誰っ！」

呉方林が目を吊り上げて吠えた。

とはいえ、残り八人。

ここからが本番だ。

「おおっ」

険呑な方の一人が頭から瀬川の腹を目掛けて突っ込んできた。

タックルだ。

倒されたらすべてが終わる。

「んなろっ」

こらえて上から抱え込み、持ち上げて頭から床に落とす。パイルドライバーの要領だ。

残るは七人。

続けて、左右に分かれて足を振り出してくるのも険呑な方の二人だった。動きが速い。

呉方林の手下よりも、ランクとしてはかなり上のようだった。
「おっと」
瀬川は、プロテクターの腕を十字に組んで身体を丸めた。
二人とも、腰の入ったいい蹴りだった。
衝撃に備えたつもりだったが、腕が痺れた。
プロテクターがなかったらと思うと空恐ろしいが、
「しゃら臭ぇ」
瀬川は怖けることなく、かえって一歩踏み込んだ。
一人が戻した足をもう一度振り出してくる。
足技が得意なようだが、瀬川が踏み込んだことによりポイントはズレた。
半端になった蹴りを鷲摑みにし、真正面から軸足の膝を折る。
――ぐっ。
一声だけで収めたのはなかなかだ。やはり侮れない。
もう一人の蹴りの男はバックステップで離れようとした。
「させっかよっ」
瀬川は逃すことなく飛び込んで足を掛けた。大外刈りだ。
そのまま背中から落とせば、派手にワンバウンドして男は動かなくなった。

飛び出すように前に出た。

サングラス男がいた。

サングラスを取って、ファイティングポーズを取った。様になっていた。

やっていた男のようだが、体重は軽そうだ。ライト級から、あってもウェルター、そのくらいだろう。

「ふん。面白ぇ。こいよ」

瀬川もサングラスを投げ捨てて身構えた。挑発しはしたが、二、三発は覚悟した。

ボクサーの動きを侮りはしないが、急所さえ打たれなければいい。

肉を切らせて骨を断つ。

体格差が明らかな以上、捕まえれば瀬川のものだった。

身体を振って男が出てきた。

ちょうどその左斜め後ろで、険呑な方の残る一人が手になにかを振り出した。

見えはしなかったが、動作と瀬川の経験から光り物だと直感した。

動きを合わせられると厄介だ。

瀬川は構えを解き、取り敢えず右前に飛んだ。光り物から離れる角度だ。

虚を突く感じになったか、ボクサー男が一瞬だけ動きを止めた。
二、三発の覚悟は、一発で済んだ。

腰の入ったボディーブローだったが、腹筋で耐えた。

やはり軽い。

ウェルター未満のパンチだと、瀬川は打たれて確信した。

そのまま固めた腹筋で拳を押し返し、男の顔面をつかんで締め上げた。

「効かねぇよ！」

「ぐあぁっ」

苦鳴を漏らして藻掻く男を、そのまま腕力で背後に放り捨てる。

――ぶごっ。

潰れた声を発したのは、瀬川が投げた男の下敷きになって、実際に潰れた光り物の男だった。

手からは離れて床を転がるのは、やはりバタフライナイフだった。

遅滞なく、瀬川は折り重なった二人に寄った。

まずナイフを遠くに蹴り、それぞれの顔面に踵を入れて静かにさせた。

――六。

坂崎の声が聞こえた。

残り、三人。

順調だったが、好事には魔が多く住むという。

「手前ぇ」

呉方林近くで、手下の若いのが真っ赤な顔で懐に手を入れた。

取り出したのはトカレフだった。模造品だ。

国内で見たことも海外で撃ったことも、瀬川は並のヤクザ以上にあった。

「うお。ヤベ」

思わず声に出た。

——大丈夫かっ。

すぐに新海が聞いてきた。

答えている暇はなかった。

「死ね。このっ」

轟《ごう》っ!!

若い衆は構えるなり、いきなり撃ってきた。

瀬川は右に大きく飛んだ。

衝撃があり、イヤホンマイクが耳から外れて飛んだ。

転がって立ち上がり、瀬川は奥歯を噛み締めて男に迫った。

硝煙がまだかすかに立ち上るトカレフの腕の袖口を右手で掴み、下から拳で突き上げて手首を決めた。

「いぎっ」

男が銃を取り落とすのと、稲妻となった瀬川が潜り込んで男を担ぎ上げるのは、ほぼ同時だった。

「うおぉおっ」

咆哮一声。

放り投げられた男は逆さまに飛び、商談の男を巻き込んでベンツのバンに激突した。

残るのは、呉方林だけだった。

瀬川はゆっくりと歩み寄った。

呉方林は青い顔で、怯えるように小刻みに震えた。

「な、なんなんだ。お、お前、誰っ。なんなんだ！」

喚き散らす。

無様にして、そうなるともう、どこにでもいる小悪党にしか見えなかった。

「けっ。こんな男のせいでなぁ」

問答無用に襟元をつかんで捻じり上げた。

ファイティンググローブの拳を固く硬く握る。

唸る拳は呉方林の顔面にめり込み、身体ごと吹き飛ばした。

大きく息をつき、瀬川はイヤホンマイクを探した。

輝く銀色は、すぐにわかった。

拾い上げるともう、胸の高さで新海の声が聞こえた。

「煩ぇな。もう少し小さい声にしろや」

耳に付ける。

——馬鹿野郎。死んだかと思ったぞ。

吐息に、新海の安堵が聞こえるようだった。

——銃声だったぞ。何がどうした。どうなった。

「なんでもねえよ。もう、終わった」

——えっ。

「シャブの商談中だったがよ。ぶっ潰した」

意表をついたようで新海が一瞬黙ると、もう一方の騒がしさが耳についた。

坂崎側が、やけに騒々しかった。

——ひ、秘書官。危ないですぞ。あれは間違いなく銃声です。秘書官っ。お待ちください。

——四、四だ。四だ。署長。待ってられるかっ。市民の安全が脅かされているんですよ。

四っ。いや、三、三だ。三っ。

──秘書官。読んだ読んだって、あの、サンダサンダというのは読んでませんし、い、今はそういう場合では。

──わかってます。

──そ、それにですね。私に落ち度は、あの。お父上にはなにぶん。あ、録画はそろそろ止めていただけると。あ、秘書官っ。お待ちくださぁい。

少し、笑えた。

馬鹿どもがのた打ち回る自分の周りと、外界の温度差、輝度の差。

「なんだか、馬鹿臭ぇな。俺の必死は、なんなんだか」

──本当だな。

マイクの向こうで、新海も笑った。

──それにしても、三分だってよ。

「ああ。わかってるよ」

──早く出てこい。

「そう急かすんじゃねえよ。色々、事情ってもんがあってよ」

──事情って、まさか。おい、瀬川っ。

「事情は事情だぁな。黙って、待ってろ」

言っているうちにも、裏手に到達し、ドアの内錠を開ける。

ノブは回るが、扉は動かなかった。
錆び付いているからか。
それとも、瀬川自身に力がないからか。
――あ、署長。あの倉庫じゃないですか。窓が割れてます。
――おっ。おおっ。まさしくっ。
――ドアも開いてますっ。
――いや、秘書官。そんなに先走ると。銃声だったんですぞ！
――入りまぁす。一、二、もう二だぞ。瀬川っ。
――秘書官っ。こらぁあ。
けたたましい警笛が、イヤホンマイクを通しても喧しかった。
飛びそうな意識に活が入った。
瀬川は渾身の力でドアを押した。
実際には身体を預けただけに等しかったが、ドアは悲鳴のような軋みを上げた。
外気が瀬川の身体を撫でた。
ゆっくりと外に向かってドアは開いた。
「よう」
西陽を左半身に浴びながら、新海が立っていた。

右耳のa＊オレンジ、いや、ブライト・ネーブルがいいアクセントだ。

「お疲れ」

肉声とデジタル。

新海の心は、両方から聞こえた。

「おう」

聞こえたところで安心したか、瀬川は膝から崩れた。

「おっと」

けれど、倒れることはなかった。

新海が支えてくれた。

昔も今も、弱っている瀬川を支えるのは、新海悟という好漢だった。

三十三

銃声がしたとき、さすがに新海は迷った。足も倉庫の表へと向かい掛けた。

だが、

――うおぉおっ。

イヤホンマイクに響く瀬川の一声は、生々しい生を伝えた。

必死に足掻いて生きる、まさしく獣の咆哮だった。
任せろよ。
瀬川はそう言った。
ケツをまくることはあっても約束を違えたことは、ただの一度もない男だった。
だから新海は、こらえて待った。
ただ、声は送り続けた。
出来ることはそれしかなかった。
エール。
死ぬな。
命を無駄にするな。
繰り返し、繰り返す。
それが最優先というか、全てだ。
その後の展開はイヤホンマイクから、待って後悔のないことを伝えてきた。
――な、なんなんだ。お、お前、誰っ。なんなんだ!
辿々《たどたど》しい日本語は、呉方林の声だったろう。
声だけだと特に、地が聞こえるというものだ。
還暦前だとわかっているが、まるで弱々しい老爺のような声だった。

その後の、背筋が寒くなるような打撃音は普段なら聞きたくはないが、このときばかりは噛み締めた。

空を見上げた。

西陽の色が濃く、行く雲に映り始めていた。

坂崎が三と騒ぎ、岡部署長と大いに掛け合いを始めたのはこのときだった。

瀬川の様子がおかしかった。

長い付き合いだ。なんとなくわかった。

なんとなく、腹を決めて待った。

「よう」

「お疲れ」

「おう」

出てきた瀬川は紺のトレーニングウェアに、はっきりとわかる黒々とした染みをつけていた。中心に小さな焦げ跡のような穴があった。

瀬川の腹の、左側だった。

かすり傷だと本人は気丈に言ったが、そんなわけはなかった。顔は青ざめていた。

出てきてすぐ、瀬川は膝から崩れた。

支えるのは新海の仕事だった。いや、義務だった。

これは、新海の立てた計画なのだ。

銃を考えなかったと言えば嘘になる。

瀬川という男の、化け物じみたパワーの中に混ぜ込んで散らした。

なんとかなると高をくった。

「お前、それでよく――」

言葉は続けられなかった。

坂崎と瀬川と、三人で弔いの酒を呑んだ夜、新海は瀬川に役割を振った。

瀬川はなんの文句も言わず、

――俺ぁ太田に、悪ぃようにはしねえ、大丈夫だって言ったんだ。へへっ。なのによ、悪ぃようになっちまった。大丈夫でもなかった。だから俺ぁ、なんでもやるんだ。やらなきゃ顔向けができねえんだ。

苦い顔をしてストレートのバーボンを呷った。

そんな瀬川に甘え、甘んじて甘く見た結果は、瀬川の腹から今も赤い血を流し続けていた。

「大丈夫か」

「なんとかな」

今のうちならよ、と瀬川は笑った。笑ってくれた。

肩を貸し、新海は瀬川を下から支えた。

重かった。体格の違いは歴然だ。

「歩けるか」

聞くしかなかった。新海一人では限界があった。

歩く、と瀬川は顔をしかめて言った。だいぶ苦しげだった。

だから努めて、腕を高く上げるようにして支えた。その方が傾きもなく、楽なはずだった。

だが瀬川は、今度は声に出して呻いた。

「ちょ、ちょっと待て」

自分から離れ、近くの壁の竪樋《たてどい》につかまって荒い息をついた。

意味がわからなかった。

「――なんだ?」

瀬川は青い顔を新海に向けた。

「へへっ。実はよ、腹だけじゃあ、ねえんだな」

「――なんだ?」

我ながら間抜けだと思いつつ、同じ言葉しか出なかった。

ほれ、と瀬川は自分の背後を指し示した。

首を回し、新海は眉を顰めた。

右腰の辺りに、小型の折り畳みナイフが折り畳まれた状態でくっ付いていた。

いや、刃の部分は瀬川の腰の中に潜り込んでいる。

出ている柄の部分がただ、くの字に新海の腰にへばり付いているようだ。

新海が介助をするとジャージが引き攣《つ》れ、そこに響くようだった。

「触んじゃねえぞ。痛ぇんだ。ついでに言うと、抜くなよ。血がドバッと出る」

「いつだよ」

間抜けついでに聞いてみた。

「二人目だな。ナイフ持ってやがった。痛ぇってえか、引っ掛かってよ。それで銃ぶっ放されたとき、少し遅れちまった」

何故笑えるのかわからなかったが、照れたように瀬川は笑った。

「――二人目って。それでお前。馬鹿か。無理しやがって」

「馬鹿じゃなきゃやらねえだろが。こんなこと最初っからよ」

至極、道理だった。

「それに、これくれぇは罰だ。罰の痛みだ。だから、我慢できんだ」

壁を伝いながら瀬川は一人で歩き始めた。

なるほど、その方が楽そうだった。

銃傷でさえかすり傷だという言葉が、真実にも思えてくるから不思議だ。

――聞いてたけど、つくづく丈夫だな。瀬川は。

坂崎の声がした。

悲壮感は消えていた。いつもの坂崎だった。

――秘書かぁん。

逆に、今にも泣き出しそうな岡部署長の声が、イヤホンマイクの奥に聞こえた。

――新海、瀬川。そっちはそっちで上手くやってくれ。ここからはまた、俺の出番だ。

坂崎が囁いた。

危ない危ないと岡部が連呼していたが、坂崎からは鼻歌も漏れているようだった。

――あれ。おーい、署長。入ってみたら、凄いことになってますが。

――えっ。なんです？　危なくないですかな。

――危ない人達はいるみたいですが、危なくないですよ。危ないものもあるみたいですけど。

――よくわかりませんなあ。

それでも坂崎が入った以上、岡部も渋々ながら入ったようだ。

――署長。凄いですねえ。何があったかは知りませんけど、これは一つの現場じゃないですか？

——えっ。おっ。えっ。あ、こ、こりゃあ、また。

のたうつ危ない男達。拳銃。シャブ、現金。その他、叩けばなんでも出るだろう。

岡部は唸った。唸って唸って、後が続かなかった。

フリーズした。

——しょうがないなあ。

坂崎はぼやき、囁きで背中を押した。

——こりゃあ、警視総監賞もの、ってやつですかねぇ。

数秒の後、

——おおっ！

署長は声を逞《たくま》しくし、いきなり勇ましいほどの警笛を吹いた。

——現・行・犯・だあっ。みんな、徹・底・的にやれっ。確・保ぉぉぉぉっ！

そんな大号令によって倉庫内はいきなり、蒲田署警備課の警護係と地域課の特別警邏係、それと生活安全課の指導係を中心として他にもなにやらが交じった、雑多な警官で大賑わいとなった。さらなる応援も呼ばれたようだ。

「へへっ。いいねえ。祭りだ。祭り」

瀬川は路地の出口まで一人で、あと二十メートルのところまで進んだ。

（とはいえ。うーん。とはいえは、とはいえだなあ）

新海は瀬川の後ろにつき、腕を組んだ。

最後の最後に、まだ問題は残っていた。

瀬川が血を流す、あるいは死ぬ、までのことは考えなくもないと、ある意味想定内だと、今なら言えた。

だが、瀬川という化け物が弱る、弱体化するということは想定外だったというか、想像もできなかった。

くどいようだが、化け物なのだ。

電車で来たが、間違いなく電車では帰れない。

坂崎も親父の乗るハイヤーに同乗で来て、置いていかれた格好だ。

足がなかった。

(さぁて)

路地の先を睨むと、携帯が振動した。

町村からだった。

イヤホンマイクを外し、携帯を耳に当てた。

――ああ、新海君。君、今どこにいるのかなあ。

「え、その、どこって言われてもですね」

――ああ。先に言うとね。私は今、蒲田署にいるんだけどねえ。なんか騒がしくなったんで、出るところなんだよ。

よく理解できない展開だった。

取り敢えず一回、息を飲んでみた。

「署長。なんでそんなとこにいるんですか？」

――そりゃあ、新海君。私はねえ。

〈なんでも屋〉の、元締めだからねえ、と町村は言ってフニャフニャと笑った。

「あの、よくわかりませんが」

――わからなくてもいいよ。けど、一つだけ聞いとくと、いいことがあるよお。

「なんでしょう」

――ふっふっ。私は今日、うちの署のバンを運転してきてるんだけどねえ。

「うわっ」

新海は思わず仰け反った。

「なんでまたっていうか、いいんですか」

聞いても詮無いことはわかっている。新海が知る限り、町村は二人目の化け物だ。

――ふふっ。所用と私用って、モゴモゴ言うとおんなじに聞こえるよねえ。

「ああ。やっぱり」

――え、なにが。

「いいです」

――あらら。じゃあ、どうする？

「乗ります。乗せてください」

――オッケー。

倉庫裏の住所を電信柱で告げて電話を切った。

町村は五分以内に行くよと言っていた。

なら、五分以内に来るのだろう。

ケツをまくることはあっても約束を違えることは、瀬川と同じ種類の生き物なら、きっとないのだ。

その瀬川は倉庫内の大騒ぎを聞き、祭りだ祭りだとうわ言のように繰り返しながら歩いている。

イヤホンマイクを装着すれば、坂崎は坂崎で、このアングルは、あの絵面はと、なにやら撮影に燃えているようだ。

新海はもう一度、空を見上げた。

（おい。焼きそば男。なにはともあれ、終わったみたいだぞ）

広がる空に茜雲が、ゆっくりと三つ、流れていた。

この作品は徳間文庫のために書下されました。
なお本作品はフィクションであり実在の個人・団体などとは一切関係がありません。

徳間文庫

警《けい》視《し》庁《ちょう》浅《あさ》草《くさ》東《ひがし》署《しょ》Strio《エストリオ》

2019年10月15日 初刷
2020年2月10日 2刷

著者 鈴《すず》峯《みね》紅《こう》也《や》
発行者 平野健一
発行所 東京都品川区上大崎三－一－一 目黒セントラルスクエア 〒141－8202
株式会社徳間書店
電話 編集〇三(五四〇三)四三四九
販売〇四九(二九三)五五二一
振替 〇〇一四〇－〇－四四三九二
印刷 製本 大日本印刷株式会社

ISBN978-4-19-894509-1 (乱丁、落丁本はお取りかえいたします)

徳間文庫の好評既刊

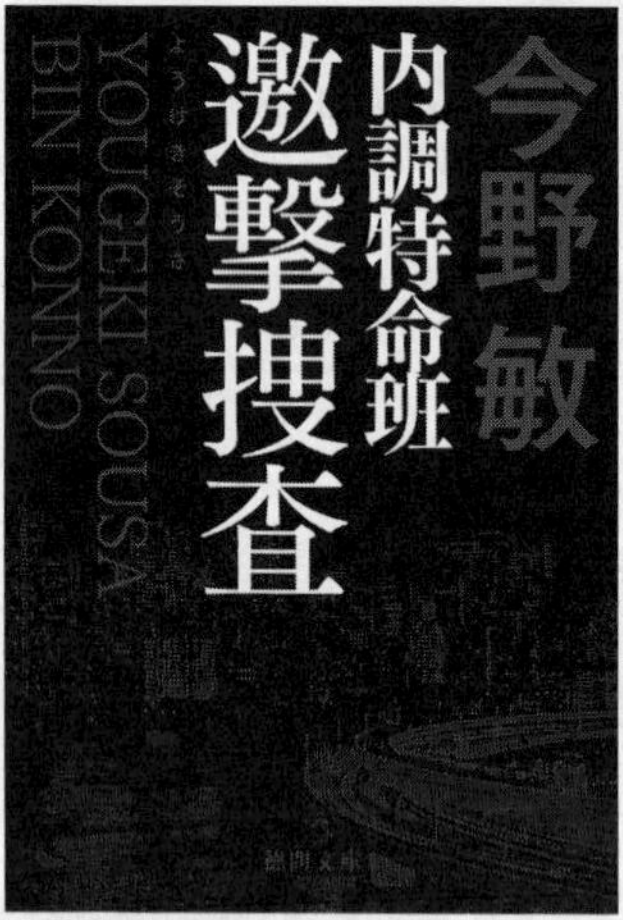

今野敏

内調特命班 邀撃《ようげき》捜査

また一人、アメリカから男が送り込まれた。各国諜報《ちょうほう》関係者たちが見守る中、男は米国大使館の車に乗り込む。そして尾行する覆面パトカーに手榴弾《てりゅうだん》を放った……。時は日米経済戦争真っただ中。東京の機能を麻痺《まひ》させようとCIAの秘密組織は次々と元グリーンベレーら暗殺のプロを差し向けていた。対抗すべく、内閣情報調査室の陣内平吉《じんないへいきち》が目をつけたのは三人の古武術家。殺《や》るか殺られるかだ――！